CHAQUE PIÈCE, 20 CENTIMES.
351e ET 352e LIVRAISONS.

LA RAISIN

COMÉDIE EN DEUX ACTES, EN VERS

PAR

ROGER DE BEAUVOIR

REPRÉSENTÉE POUR LA PREMIÈRE FOIS, A PARIS, SUR LE THÉATRE IMPÉRIAL DE L'ODÉON, LE 20 OCTOBRE 1855.

DISTRIBUTION DE LA PIÈCE.

LE DUC D'ANTIN, gouverneur des Pages.	MM. BUTHEAU.	
LE MARQUIS DE CANILLAC, secrétaire intime du Duc.	GILBERT.	
BÉLUS, vieux souffleur de l'Hôtel de Bourgogne.	THIRON.	
SAINTE-MAURE.	RIGA.	
DE BIRAN.	H. PETIT.	
LE CHEVALIER DE GRIGNAN, page du Dauphin.	Mmes P. GRANGÉ.	
LE CHEVALIER DE FLEURY, page de la pantoufle.	SOLANGE.	

LE CHEVALIER DE RAVANNE, page de la chambre.	Mme ANTONIA.	
ANTOINE, valet du Duc.	MM. DOUIN.	
UN OFFICIER, personnage muet.	ERNEST.	
LA RAISIN, comédienne.	Mmes PÉRIGA.	
PAQUETTE, sa filleule.	MARIA-REY.	

GARDES, VALETS, PIQUEURS.

La scène se passe à Meudon, dans une petite maison du Duc d'Antin.

ACTE I.

Le théâtre représente un petit salon style Louis XIV, richement meublé, tenant à une serre donnant sur le bois de Meudon.

SCÈNE PREMIÈRE.

ANTOINE, PAQUETTE.

ANTOINE, s'essayant, un gobelet à la main et une serviette sur le bras.

Offrir le gobelet au roi !... Le bel office !
Je le remplirai bien !... C'est de toute justice,
Monseigneur m'a promis de me pousser !... D'honneur,
Il aime trop le ciel pour mentir... Monseigneur !

(Apercevant Paquette qui vient d'entrer et qui pousse un éclat de rire.

Tiens, je n'étais pas seul.

(S'approchant d'elle et examinant la broderie à laquelle elle va travailler.)

Le charmant nœud, Paquette !
A qui destinez-vous une œuvre si coquette ?...

(A part.)
Moi qui de sa vertu m'étais fait champion !..
(Haut.)
Vous travaillez fort bien de l'aiguille !...

PAQUETTE, à part, avec humeur.

Espion !

(Haut.)
Allez plus loin, monsieur, répéter votre rôle...

ANTOINE, à part.

J'y vais. Je saurai bien pour qui ce nœud d'épaule.

(S'asseyant de nouveau devant la glace, avec son gobelet.)

A boire pour le roi !

PAQUETTE.

Fi ! ce n'est pas le ton.

ANTOINE.

A boire pour le roi !

PAQUETTE, travaillant à sa broderie.

Le plus mince hoqueton

Dirait mieux...

ANTOINE, *découragé.*
Non, jamais je n'aurai cette place.
A boire!...

PAQUETTE.
Mais pourquoi, monsieur, cette grimace
Horrible à voir?...

ANTOINE.
Il faut que j'étudie encor!...
(Bruit de trompe dans la forêt.)

PAQUETTE, *se levant.*
On chasse près d'ici.

ANTOINE.
Vraiment oui, c'est le cor.

PAQUETTE, *laissant sa broderie.*
Je me sauve!

ANTOINE, *allant au fond et regardant.*
Pourquoi? Tenez, ce sont les pages
Du roi!

PAQUETTE.
Ces étourdis, prendre les équipages
De monseigneur le duc d'Antin, leur gouverneur!
Que dirait-il? Mon dieu! Le duc est en faveur,
Mais ombrageux, jaloux, de ma belle marraine,
La Raisin! Pour lui seul elle a quitté la scène...
Renoncer au théâtre à son âge!

SCÈNE II.

LES MÊMES, LE CHEVALIER DE GRIGNAN, RAVANNE,
FLEURY, *en costume de chasse, un fouet à la main.*

FLEURY, *dans la coulisse.*
Par où?..

PAQUETTE, *descendant la scène.*
Par ici.

RAVANNE.
Quel chemin à se rompre le cou!
Entrons toujours...

FLEURY, *à Paquette.*
Si c'est l'hôtesse, elle est gentille.
(Il ' embrasse.)

PAQUETTE.
Laissez-moi.

FLEURY.
Non.

PAQUETTE.
Eh bien!

FLEURY, *se piquant au corsage de Paquette.*
Peste soit de l'aiguille!

GRIGNAN.
Paquette, il faut ici que je voie à l'instant
Ta marraine... Va, cours, je dois secrètement
(A Paquette qui s'est arrêtée près de la porte à droite.)
Lui parler... Qu'attends-tu?...

PAQUETTE, *à part, tristement.*
Moi, rien... Il vient pour elle!
(Elle sort à droite.)

SCÈNE III.

LES MÊMES, *moins* PAQUETTE.

ANTOINE, *observant Grignan.*
Le chevalier!

FLEURY, *à Grignan.*
Dis-nous le nom de cette belle?
Je suis discret.

RAVANNE.
Voyons?

FLEURY.
Mais quel air soucieux!
Comment, toi, notre maître... hardi, leste, joyeux,
Tu soupires?... D'honneur, si tu connais ce gîte,
Grignan, fais grâce à toi qu'on nous serve au plus vite..
N'est-il donc rien à boire en ce lieu, s'il te plaît?
(Montrant Antoine qui répète devant la glace.)
Que nous veut ce maraud avec son gobelet?
(Lui prenant le gobelet, et d'un ton ferme.)
A boire! comme au roi!

ANTOINE.
C'est le ton que je cherche.
Il l'a trouvé!...

FLEURY.
J'attends! Un hibou sur sa perche
Est moins laid. Versez donc!... Le faquin est de plomb.
Savez-vous bien qu'ici j'admire votre aplomb,
Mon cher?

ANTOINE, *à part.*
L'impertinent!

FLEURY.
Apprenez donc, maroufle,
Que mon nom est Fleury, page de la pantoufle.
Grignan l'est de la chambre. Ainsi, versez, mon cher.

ANTOINE, *fièrement.*
Je ne tiens point auberge!

FLEURY.
Ah! vous faites le fier!
Je me verserai bien moi-même.
(Lui prenant le gobelet et se versant. Jetant le vin.)
Oh! qu'il est aigre!
Pouah! Mais au lieu de vin, vous vendez du vinaigre,
Monsieur!
(Allant au buffet.)
Ah! ce buffet.
(Le visitant.)
Il est vide. Merci.
Les pages, je le vois, n'ont rien à faire ici,
Nous vous baisons les mains. Oui, Monseigneur lui-même,
Allez! n'observe pas mieux que vous le carême.
(A Grignan.)
Serviteur! Je rejoins la chasse. Ah ça, viens-tu,
Grignan?

GRIGNAN.
Non, je demeure.

FLEURY.
Il faut de la vertu.
Le sommelier, ma foi, vaut le vin. Quel visage!

RAVANNE, *allant à Grignan.*
Chevalier, tu deviens sérieux... C'est dommage...
Tu tournes à l'églogue en vrai berger Lycas!...

FLEURY, *à Ravanne.*
Partons, car le voilà rêveur comme Brancas!
(A Grignan.)
Quelque amour pastoral! Chevalier, je t'admire.
(S'en allant.)
À ce soir.

GRIGNAN.
Au château!

SCÈNE IV.

GRIGNAN, PAQUETTE, ANTOINE, LA RAISIN.

GRIGNAN, *voyant venir la Raisin, (à part).*
Ce que je dois lui dire,
Je le sais, mais j'ai peur!

LA RAISIN, *congédiant Antoine.*
Antoine, laissez-nous.
Vous (*A Paquette*), Paquette, sortez.

GRIGNAN, *avec vivacité et se jetant aux genoux de la Raisin.*
J'embrasse vos genoux,
Madame, de vous seule, oh! j'attends un service.

LA RAISIN.
Qu'est-ce? que voulez-vous?

GRIGNAN.
Ici votre caprice
Fait la loi, vous régnez...

LA RAISIN, *avec intérêt.*
Mais parlez, chevalier,
J'ai ma dette envers vous... puis-je donc oublier
Qu'à Paris certain soir...

GRIGNAN, *avec feu.*
Près de la Comédie,
C'est vrai, vous en sortiez... une foule étourdie
S'attachait à vos pas, chacun voulait de près
Voir ces yeux pour la scène allumés tout exprès;
Ces lèvres de corail, cette taille de fée,
Ces cheveux!... vous alliez enfin être étouffée,
Quand un mousquetaire ivre ose alors s'avancer,
Vous prend le bras... cet homme a beau vous courroucer,
Il insiste... poursuit sa brutale équipée,
Puis tout d'un coup recule, aux lueurs d'une épée:
C'était la mienne!

LA RAISIN.
Oh! oui, je vous verrai toujours.

GRIGNAN, *galment.*
Ah! cela m'a valu le lit pendant huit jours,
Il tirait proprement...

LA RAISIN.
Mon Dieu, que puis-faire
Pour vous?

GRIGNAN.
J'ai sur les bras une méchante affaire,

Il faudrait me cacher.

LA RAISIN.
Quoi, chevalier, ici ?

GRIGNAN.
Vous me donnerez bien à souper?

LA RAISIN.
Grand merci,
Le duc qui doit venir!

GRIGNAN.
Raison de plus...

LA RAISIN.
Que j'ose
Affronter son humeur!

GRIGNAN, soupirant.
Si vous saviez la cause
Qui m'amène en ces lieux! J'aime!

LA RAISIN.
Parlez plus bas,
Chevalier...

GRIGNAN.
Ma cousine...

LA RAISIN, à part.
Ah! je respire!...

GRIGNAN.
Hélas!
Vous ne l'avez point vue, oh! non! c'est la filleule
Du duc.

LA RAISIN.
Serait-ce vrai? Diane de Courseulle ?
Une enfant!

GRIGNAN.
Elle vient d'avoir ses dix-huit ans.
J'étais son fiancé... depuis six mois j'attends;
Monseigneur, chaque jour, m'oppose mes folies...
La dernière surtout!... (Riant.) C'est une des jolies.
Il faut qu'en vérité je vous la conte ! Hier,
C'est tout frais, vous voyez...

LA RAISIN, souriant.
Oui, je vois...

GRIGNAN.
En enfer,
D'après notre aumônier, j'irai droit!... A l'office
Auprès de Monseigneur nous étions de service,
Moi, du Roure et Montmor, attendant qu'il lui plût
De nous laisser souper, car c'était le salut!...
Le roi, toute la cour enfin, parait ce temple,
Où pour sa piété, le cher duc sert d'exemple.
Soudain, on croit le voir rougir; muet, confus;
Dans le livre qu'il tient, Monseigneur ne lit plus;
Il le referme, il l'ouvre, on dirait qu'il le gêne...
D'où vient cet embarras?... Vous le saurez sans peine,
Quand je vous aurai dit qu'échangé dans sa main,
Ce Missel était loin d'être un Missel romain;
Dieu n'avait rien à voir avec ce maudit tome :
C'était...

LA RAISIN.
Eh! bien?

GRIGNAN, riant.
C'était les Dames de Brantôme!

LA RAISIN.
Vous êtes mal alors auprès du duc, chevalier!

GRIGNAN.
Après tout, ce n'était là qu'un tour d'écolier,
Mais il en a pris texte, et m'a, par pénitence,
Aux arrêts pour dix jours relégué d'importance.

LA RAISIN.
Aux arrêts!

GRIGNAN, gaîment.
Mais, je sais, ma foi, comme on en sort!
Il va venir... d'un mot il peut changer mon sort :
Dites-lui que pour voir un instant ma cousine
Je me résigne à tout... oui, fût-ce à sa cuisine!
Dites-lui...
(On frappe.)

LA RAISIN.
Chut!... on frappe ! ô ciel! on vient ici!
Cachez-vous, imprudent ! vous me perdez !
(Lui montrant la porte à gauche.)

GRIGNAN, se cachant.
Merci!
Oh ! merci mille fois

SCÈNE V.

LA RAISIN, BÉLUS.

LA RAISIN, sur le devant de la scène, sans voir Bélus.
C'est Monseigneur, je tremble !

BÉLUS, entrant.
Raisin !

LA RAISIN, étonnée.
Quoi! vous, Bélus !

BÉLUS, avec joie.
Enfin! tous deux ensemble !
Je puis donc vous parler.
Sommes-nous seuls ?

LA RAISIN.
Voyez.

BÉLUS, après avoir regardé vers le fond.
Laissez-moi tout d'abord vous regarder... Croyez
Que ce n'est point ici, Raisin, la simple envie
De voir ma fille, après son changement de vie;
Ma fille!... ce doux nom, oh! vous l'avez porté
Avant que d'enchaîner le public transporté.
Vous étiez mon élève, oh! oui, je m'en fais gloire;
De votre enfance, ici, gardez-vous là mémoire?
C'est tout ce qui me reste, à moi votre souffleur,
A moi qui vous voyais croître ainsi qu'une fleur,
Et qui vous donnai tout, hélas! jusqu'à mon gîte,
Mon Dieu! que vous étiez belle toute petite !
(Essuyant une larme.)
Mais pardon, près de vous ce soir j'ai dû courir,
Et je n'ai guère ici le temps de m'attendrir,
L'heure presse.
(Il va à la fenêtre et lui indique un carrosse arrêté sous les arbres.)

LA RAISIN, étonnée.
Comment! à qui cette voiture?...

BÉLUS.
A moi, parbleu!

LA RAISIN.
Daignez m'expliquer l'aventure;
Je ne devine pas...

BÉLUS.
Raisin, je suis venu
Vous chercher...

LA RAISIN.
Me chercher?...

BÉLUS.
Mais je vous suis connu;
De vous seule il dépend de fuir cette demeure,
Il faut que vous partiez, il faut qu'avant une heure
Nous atteignions tous deux les portes de Paris.

LA RAISIN.
Êtes-vous fou, Bélus?

BÉLUS.
Quand vous aurez appris
Ce qui m'amène... allez... il s'agit d'une affaire...

LA RAISIN.
Enfin?...

BÉLUS.
Je viens, au risque ici de vous déplaire,
Vous parler de théâtre et vous solliciter...

LA RAISIN.
Le théâtre?... à jamais il m'a fallu quitter...

BÉLUS.
C'est au nom de Raisin... je tente une prière...
Raisin fut votre époux et l'ami de Molière...
Un pareil souvenir!...

LA RAISIN.
Hymen précipité,
Cher Bélus!... Le grelot de l'infidélité
Fut attaché par lui; Raisin, dans vos coulisses,
De son vivant passait pour aimer vingt actrices.
Jouant, couru, fêté, cité même en haut lieu,
Il dînait de Lafare et soupait de Chaulieu.
Du reste, acteur parfait, j'en conviens sur mon âme,
Mais il n'aurait pas dû me prendre pour sa femme.
Sans compter que parfois, au cabaret voisin...

BÉLUS.
(Avec un enthousiasme comique.)
Il buvait?... C'est un culte, ton nom, cher Raisin !
(A part.)
Grâce à sa femme, au moins le sien sera célèbre...
Et celle-ci s'entend en oraison funèbre!

LA RAISIN.
Enfin, que voulez-vous ?...

BÉLUS, mystérieusement.
Depuis bientôt trois mois,

Auteurs et directeurs chez nous sont aux abois ;
Baron élu par eux, pour conjurer l'orage,
De son constant exemple en vain les encourage ;
Malgré tous ses efforts le public est d'airain,
Molière mort, il court aux bancs de Tabarin ;
Le théâtre est désert et la troupe en déroute,
Boursault, Boursault lui-même ! est en proie à la goutte ;
Jugez de quel effroi nous sommes accablés !
Cet hôtel de Bourgogne, aux abords si peuplés,
Ces marquis, ces seigneurs, qui faisaient des banquettes
Un écrin tout mouvant de perles, de paillettes,
Et que je maudissais, quant à moi, de bon cœur,
Quand sur mon humble trou tombait leur œil moqueur,
Réduits à se compter entre eux !... ignominie !
Et de la troupe en deuil soupçonnant l'agonie,
Tous des premiers, voulant bien nous bafouer,
Ont écrit sur nos murs : Hôpital à louer !...

LA RAISIN.
Serait-il vrai ?...

BÉLUS.
Baron, dans ce péril extrême,
N'a trouvé de parti d'abord que dans lui-même.
Il eût fallu le voir... là, pour l'honneur du corps !
Répondant aux acteurs, haranguant les recors,
Promettant à ceux-ci qu'on payerait l'éclairage,
A ceux-là que Boursault donnerait un ouvrage,
Que sais-je, moi ?... Jamais général n'a promis
Tant de butin, d'argent, aux soldats insoumis !
Mais le délai fatal... hélas ! demain expire.

LA RAISIN.
Quoi ! demain ?

BÉLUS.
Si Baron abdique son empire,
Si l'or ne revient pas à nos coffres taris...

LA RAISIN.
Eh bien ?

BÉLUS.
Il faut demain que nous quittions Paris.
A l'emploi de Béjart, où votre sœur excelle,
Elle renoncera !

LA RAISIN.
Mon Dieu ! quelle nouvelle !
Suis-je assez malheureuse ?... Ah ! mais, du moins, prenez
Ces diamants... ils sont dans ce coffret... tenez...
(Elle les présente à Bélus.)

BÉLUS.
Quoi !... des bijoux, de l'or ?

LA RAISIN.
C'est toute ma richesse,
Elle est à vous.

BÉLUS.
Bon cœur ! digne d'être princesse !
Mon élève, pourtant !...
(A part.)   *(Haut.)*
Oh ! non, gardez cet or.

LA RAISIN, blessée.
Ah ! Bélus !

BÉLUS.
Nous voulons un tout autre trésor.
Votre talent !... Vous seule, en conjurant l'orage,
Pouvez nous rendre à tous l'espoir et le courage.
Et si vous hésitez... eh bien ! je suis porteur...
(Lui présentant un papier.)
De ce mot... Aisément vous en saurez l'auteur :
Il se confie en vous. Cours, m'a-t-il dit ; sa bouche
Dictera notre arrêt.

LA RAISIN.
Un tel billet me touche,
Bélus... mais je ne puis...

BÉLUS, avec feu.
Oh ! si, vous le pouvez.
Nous vous chérissons tous, et vous nous le devez.
Que vous demandons-nous ? Qu'une fois sur la scène
Vous remontiez pour nous, la recette est certaine.
Oui, vous nous sauverez ; car, vous partie, hélas !
Notre troupe n'est rien, le parterre en est las.
— Raisin ! — s'écriait-il l'autre soir en colère.
C'est votre faute à vous, si vous sûtes lui plaire,
Il faut lui revenir, oui, ne fût-ce qu'un soir.
On donne le *Muet*, vous devez le savoir,
Le rôle de Zaïde est à vous ; le théâtre,
Dans ce rôle charmant, toujours vous idolâtre,
Que l'on revoie enfin ce talent noble et pur !
La Poisson, la Brécourt, en vont mourir, c'est sûr ;
Mais, Baron !... je le vois sur le bord d'une loge,

Avidement penché, recueillir votre éloge,
Admirer ces beaux yeux, ce sourire enchanteur !
De ce soir, grâce à vous, le voilà directeur,
Il mande le caissier, il solde l'éluviste,
Il déjoue un essaim de limiers à sa piste,
Le théâtre était vide ; ô prodige ! il s'emplit,
De nos rivaux ligués l'astre voisin pâlit,
Il a suffi d'un soir et de votre baguette
Pour que chaque marquis reprenne sa banquette !

LA RAISIN, rêveuse.
Le rôle de Zaïde ?... on s'y souvient de moi
Vraiment ?...

BÉLUS.
Vous le teniez en reine de l'emploi.
Que vous étiez charmante en tunique de moire !
Je secourais alors bien mal votre mémoire,
Moi, votre vieux souffleur, tant je tenais mes yeux
Sur les vôtres fixés ; alors j'étais aux cieux !
Si bien qu'à la réplique, à trois fois infidèle,
Au lieu de vous souffler... j'ai mouché la chandelle !

LA RAISIN, souriant.
C'est vrai, pauvre Bélus !

BÉLUS.
Ainsi, c'est convenu,
Je vous enlève ! Ici, je ne suis point connu,
Nul ne me trahira... Je viendrai, soyez prête !
On vient ! c'est Monseigneur ! au moins tenez-lui tête,
Notre sort en dépend.
(On sonne à la porte du parc.)

LA RAISIN, inquiète.
Le duc ! ciel ! cachez-vous !
(Il fait un pas vers le cabinet où est caché Grignan.)
Non, pas de ce côté !
(Elle le fait entrer dans le cabinet, au second plan à droite.)

SCÈNE VI.

LA RAISIN, LE DUC, SAINT-MAURE, BIRAN, CANILLAC.

LE DUC, à la Raisin, d'un air riant.
Fidèle au rendez-vous,
Vous voyez...
(Il lui baise la main. Bas, à Canillac, qui est au fond.
Aux aguets toi, Canillac, demeure.
Qu'est-ce qu'on me disait, madame, tout à l'heure ?
Que vous vouliez me fuir, pour un couvent, à Tours ?
Que vous ai-je donc fait ?... Avec moi des détours !
N'êtes-vous point ma vie ? et dans cette demeure
N'ai-je pas, grâce à vous, souvent oublié l'heure ?
J'arrive auprès de vous souper en liberté.
Ce souper...

LA RAISIN.
Par Antoine il doit être apprêté..
Je vais...

LE DUC, l'arrêtant.
Non, demeurez... Personne en mon absence
N'est venu ?

LA RAISIN, inquiète.
Vraiment, non !...

LE DUC.
Voyez la médisance !
On prétendait qu'ici vous vous amusiez fort.

LA RAISIN, souriant d'un air forcé.
Vrai mensonge de cour !

LE DUC.
N'est-ce pas qu'ils ont tort,
Ces conseillers jaloux ?... Vous vivez solitaire,
Près du bois de Meudon, à l'ombre du mystère.
Qui pourrait en ce lieu vous rappeler Paris ?

LA RAISIN.
L'on ose m'accuser ?

LE DUC.
Moi, je n'ai rien appris !...
Nul ne m'a dit qu'ici d'une comédienne
Vous regrettiez vraiment la dépouille payenne,
Et vous avez raison !
(La Raisin sonne, Paquette paraît à droite.)

SCÈNE VII.

LE DUC.
C'est vous, la belle enfant ?

PAQUETTE, au Duc.
Antoine n'est pas là, mais rien ne vous défend
De souper. A moi seule, ici, je le remplace.
(Sur un signe de Paquette, deux Valets en livrée apportent une table servie.)

LE DUC, *à part.*
Antoine absent ! Le drôle, allons, perdra sa place !...
(A La Raisin, pendant les préparatifs du souper.)
De jour en jour plus belle !
(A part.)
Elle a l'air inquiet.
Observons.

PAQUETTE.
Monseigneur, votre souper est prêt.
SAINT-MAURE, *à Biran.*
As-tu faim?... J'ai, Biran, un appétit du diable...
BIRAN, *bas à Saint-Maur.*
Nous allons faire maigre encor !
LE DUC.
Messieurs, à table !
*(Tous s'asseyent, deux domestiques servent. *)*
Vous, Saint-Maure, ici ; vous, Biran, là ! Fort bien.
PAQUETTE, *à part, au fond à gauche, regardant le cabinet ou est Grignan.*
Et dire que lui seul ne mangera de rien
Ce pauvre chevalier ! oh ! mais j'y veille.
Et l'autre,
Le vieux souffleur !...
(Elle prépare une seconde assiette.)
LE DUC, *à la Raisin.*
Eh bien ! quel chagrin est le vôtre?
Quoi ! vous ne mangez pas?
(Aux deux seigneurs.)
C'est un pâté de thon,
Messieurs... il est exquis...

SCÈNE VIII.

LES MÊMES, ANTOINE, *accourant.*

ANTOINE, *se jetant aux pieds du Duc.*
De cent coups de bâton,
Monseigneur, frappez-moi, je suis un misérable !...
LE DUC.
Toi?
ANTOINE.
Je viens de commettre une erreur déplorable !
Ce pâté !...
LE DUC.
Parle, eh bien ?...
ANTOINE.
Je ne le savais pas!
Pour vos pages, hélas ! c'était un pâté gras.
LE DUC *se lève. Les domestiques emportent la table.*
Pour mes pages, comment?... un pâté gras?
ANTOINE.
Ma tête,
La voici !... C'est Grignan, ce page malhonnête
Qui l'avait commandé. Mon valet s'est trompé...
PAQUETTE.
Il est trop tard, ma foi ; monseigneur a soupé !
(A part.)
Ah ! le bon tour !
LE DUC, *à Antoine.*
Va, fuis, maraud, de ma présence !
Mes pages, il paraît, aiment peu l'abstinence !
Qu'en dites-vous, Biran?
BIRAN.
Un tel récit, je crois,
Vous perdrait, s'il venait aux oreilles du roi !
PAQUETTE, *à part.*
Pauvre duc!... Ah ! vraiment, il fait peine !
LE DUC
Petite,
Laisse-nous.
PAQUETTE.
Monseigneur ! oh ! je m'enfuis bien vite ;
(A part.)
Quelque orage va fondre en ce lieu, c'est prudent !
(Elle s'éloigne.)
LA RAISIN, *à part.*
Je tremble !
(Au Duc.)
Qu'avez-vous?
LE DUC.
Malheur à l'imprudent
Qui se serait joué de moi !
(A part.)
Trouver encore

* Le Duc, La Raisin, Saint-Maure, Biran, Paquette, au fond, Grignan et Bélus
en chés.

Sur mes pas ce Grignan?...
(Bas à La Raisin.)
Demain, avant l'aurore,
Il faut que vous partiez...
LA RAISIN.
Quoi, partir !...
LE DUC.
Il le faut.
On me blâme, madame, et dans un lieu trop haut,
Chez le roi... l'on épie avec soin mes absences ;
On me surveille, enfin... La cour en médisances,
Par malheur, est féconde. Il faut que pour Angers
Vous partiez. — La province offre moins de dangers.
(Remontant vers les deux seigneurs.)
Et Biran, votre guide...
(La voyant rêveuse.)
A quoi donc pense-t-elle?
(Apercevant le billet de Bélus dans son corsage.)
Un billet !...
(Avec un empressement contraint.)
Mais comment trouvez-vous la dentelle
Que Florensac pour moi vous porta l'autre jour?...
(A part.)
Elle veut le cacher... c'est un billet d'amour....
(Haut.)
Que cachez-vous donc là?...
LA RAISIN.
Moi? rien...
(Grignan paraît à la porte.)
LE DUC.
Votre main tremble.
Vous n'avez pas pour moi de secrets, ce me semble?
Malgré le préjugé qui prétend qu'aux époux,
Aux époux seuls, il sied d'être parfois jaloux,
Permettez...
LA RAISIN.
Monseigneur...
LE DUC.
Ce billet, je l'exige...
BIRAN, *examinant la corbeille de Paquette.*
Un nœud d'épaule ici !
SAINTE-MAURE, *admirant le travail.*
D'honneur, c'est un prodige!
LE DUC, *à la Raisin.*
Ah ! vous brodiez ici pour mes pages, vraiment !
LA RAISIN, *interdite.*
Ce ruban...
LE DUC.
Vous tremblez ; ce page est votre amant!
(Impérieusement.) *(Le parcourant.)*
Et ce billet... Lisons !... L'odieuse imposture !
Mon hymen avec vous !... Il est sans signature,
Ce billet !... Répondez, qui donc vous l'a remis?
(Elle se tait.)
Sainte-Maure, Biran, approchez, mes amis ;
Vous n'êtes pas de trop. Voyez si de moi-même
Se joue imprudemment la perfide que j'aime !
Dans cette épître écrite avec un tour moqueur,
On daigne m'appeler un vrai valet de cœur !
Valet du roi, s'entend ! — On travestit ma vie,
Dont vous, — Raisin, — étiez, hélas ! la seule envie,
Le seul but !...
LA RAISIN, *interdite.*
Cet écrit...
LE DUC, *avec force.*
Est calomniateur.
Il accuse à la fois mon esprit et mon cœur...
(A ses amis.)
Voyez plutôt !...
(Il leur montre la lettre. Continuant, à la Raisin.)
La chose est facile à comprendre :
Chez lui, — voyez, — ce soir, vous priant de vous rendre ;
Ce rival vous supplie ; il vous presse... Chez lui !
Dites, quel est cet homme?... Antoine est d'aujourd'hui
Chassé par moi !... Je veux... j'ordonne !... Un tel silence,
Madame, songez-y, va le perdre d'avance.
Son nom?...
LA RAISIN, *avec effort.*
M'est inconnu.
LE DUC.
Mensonge que cela!
Ah ! vous courez le guet pour le voir !... Oui, voilà
Son ruban ; cette lettre est de lui, plus de doute!
LA RAISIN.
Monsieur le duc, j'ignore...
LE DUC.
Apprenez qu'on redoute

Un peu plus les galants.
(Appelant.)
Canillac !

SCÈNE IX.

LES MÊMES, CANILLAC.

CANILLAC.
Me voici!
LE DUC, montrant la Raisin.
Madame, dès ce soir, devra partir d'ici;
Canillac, au château, prenez un équipage.
(A La Raisin.)
Les couvents de Paris, madame, rendent sage...
(A Canillac.)
Celui des Filles-Dieu...
GRIGNAN, entr'ouvrant la porte du cabinet où il est caché (à part).
L'ai-je bien entendu?
Le couvent de Diane !
LE DUC, à Canillac.
Au rapport qui m'est dû,
(A part.)
Songez avant demain. Pour cette lettre infâme,
(A La Raisin.)
Oh! j'en saurai l'auteur!... A demain, donc madame!
Adieu! *(Il sort avec Sainte-Maure et Birau.)*

SCÈNE X.

LA RAISIN, puis GRIGNAN.

LA RAISIN.
De sa fureur comment prévoir les coups?
Bélus me reste seul en ce péril!
(Les deux portes des cabinets s'ouvrent en même temps. Au moment où Bélus va sortir, il aperçoit Grignan et rentre vivement. Grignan s'avance vers La Raisin.)
C'est vous,
Chevalier... Je ne puis... je n'ai rien à prétendre
Sur Monseigneur... Adieu! je pars sans rien entendre.
(Elle rentre dans le cabinet où est Bélus.)

SCÈNE XI.

GRIGNAN, puis PAQUETTE.

GRIGNAN.
Eh bien! elle me laisse, elle s'enfuit!... Ma foi,
Le champ d'honneur me reste. Allons, chacun pour soi!
Le duc en est jaloux; sans doute elle l'accuse,
Et moi, je le bénis!... Aider ainsi ma ruse,
Me frayer vers Diane un chemin complaisant!
Ah! vive son geôlier!... Le tour sera plaisant;
Mais il me faut quelqu'un pour me servir...
(Apercevant Paquette.) Paquette...
C'est le ciel qui l'envoie!... Elle sera discrète,
Je l'espère, du moins.
PAQUETTE, étonnée.
Monsieur le chevalier !
GRIGNAN, indiquant la chambre où il était caché.
Moi-même! en pareil lieu, craignant de m'ennuyer,
Je prends l'air, tu le vois. Que je te rende grâces
De ton souper d'abord. Merci! Deux tranches grasses
D'un excellent pâté!... Monseigneur l'a jugé
Hérétique, c'est vrai; mais moi, je l'ai mangé!
Tiens! un second baiser; car je suis fou de joie!
PAQUETTE, à part.
Qu'a-t-il?
GRIGNAN.
De Monseigneur la bonté se déploie
En ma faveur... Je suis ravi de lui!
PAQUETTE.
Vraiment?
D'où peut donc vous venir un tel contentement?
Je vous croyais moins bien avec lui.
GRIGNAN.
Le vent change.
Telle est la cour, Paquette. Apprends-le, c'est un ange
Que Monseigneur!
PAQUETTE, à part.
Eh! mais un masque au carnaval
(Haut.)
Est moins gai!... Vous allez peut-être à quelque bal,
Monsieur le chevalier?
GRIGNAN, sans l'écouter.
C'est admirable, unique!
Figure-toi Gygès et son anneau magique.
Je puis ce que je veux; je le puis dès ce soir!

PAQUETTE, à part.
Serait-il fou?... Mon Dieu! qu'est-ce qu'il va vouloir?
Un nouveau tour, je gage!
GRIGNAN.
Il te faut à mon aide
Venir dès à présent.
PAQUETTE.
Parlez... qui ne vous cède
Quand vous priez?... Voyons...
GRIGNAN.
Il me faut un habit
De femme... à ta marraine. Il le faut; il s'agit
De son salut, du tien!
PAQUETTE, à part.
Sa folie est certaine!
(Haut.)
Une robe pour vous... celle de ma marraine!
GRIGNAN.
Eh! oui!
PAQUETTE.
Vous vous moquez certainement de moi.
GRIGNAN.
Je ne me moque point.
PAQUETTE.
Vous seriez neuf, ma foi,
Dans ces habits... Voyez un peu la belle femme!
C'est donc au bal masqué que vous allez en dame?
Vous n'êtes pas trop mal, — non; — mais contentez-vous
D'être page... Dieu fit la toilette pour nous.
GRIGNAN.
Mais je te dis...
PAQUETTE.
Encor! C'est donc une gageure?
GRIGNAN, suppliant.
Paquette!...
PAQUETTE.
Vainement ici l'on me conjure,
Et ma marraine donc! reparaître à ses yeux
Après cela... jamais!
GRIGNAN.
Va, fais-lui mes adieux,
Il m'en coûte en ce jour vraiment si je la laisse.
Sache donc seulement qu'ici je m'intéresse
A son destin. Elle est en péril!
PAQUETTE.
Quoi! vraiment?
GRIGNAN, avec feu.
Mais je vais la sauver par ce déguisement.
Hâte-toi!...
PAQUETTE.
Dès l'instant que, grâce à cette ruse,
Vous la sauvez, je vais...
GRIGNAN.
Dis-lui pour mon excuse
Que je viens de partir. — Je ne dois plus la voir.
Tu jures de te taire au moins jusqu'au revoir!
PAQUETTE.
Je me tairai.
GRIGNAN.
C'est bien; je scelle ma promesse.
Par ce baiser, Paquette !
PAQUETTE.
Allons! puisqu'il nous laisse,
Qu'il emporte du moins ce souvenir!...
(Elle lui donne le ruban qu'elle brodait au lever du rideau.)
GRIGNAN.
A moi
Ce beau ruban?... J'en suis indigne, par ma foi.
(Le serrant dans sa poitrine.)
Va, je le défendrai !
PAQUETTE, souriant avec malice.
Vous aurez fort à faire.
(Lui indiquant la deuxième porte à gauche.)
GRIGNAN.
Où me conduis-tu donc?
PAQUETTE.
Là, c'est un vestiaire
Complet; mais gardez-vous, monsieur, du moindre bruit!
GRIGNAN.
C'est bien, je serai prêt ! A demain !
PAQUETTE.
Bonne nuit!
(Grignan entre vivement. Au moment où Paquette ferme la porte, elle aperçoit La Raisin qui entre mettant sa mante.)
Ma marraine!... Mon Dieu! l'on dirait qu'elle pleure.

SCÈNE XII.

PAQUETTE, LA RAISIN, puis BÉLUS et GRIGNAN.

LA RAISIN.

Vite! vite! Bélus!...
(Apercevant Paquette.)
Je pars dans un quart d'heure,
Je te laisse, Paquette. Oh! comment t'oublier,
Toi que je chéris tant! Dis-moi, le chevalier
Est parti?

PAQUETTE.
(Haut.) Vous avez deviné. (A part.) Quel mensonge!
Il est parti. Mais vous, oh! n'est-ce point un songe?
Pourquoi me fuir? pourquoi?...

LA RAISIN.
Tu le sauras plus tard,
Chère enfant. La raison commande ce départ.
Crois-moi, ne pleure pas une si courte absence.
Paquette, j'ai promis. Déjà l'heure s'avance;
Je dois te dire adieu.
(Elle l'embrasse.)

PAQUETTE.
J'aurai si peur ici
Toute seule!

LA RAISIN.
A demain!

PAQUETTE.
A demain!

BÉLUS.
Les voici,
Madame...

LA RAISIN.
La voiture?...

BÉLUS.
Ici près est cachée.
Sous ces arbres en vain leurs yeux l'auraient cherchée.
Partons...

LA RAISIN, à Paquette.
Adieu, Paquette!

PAQUETTE.
Adieu!
(La Raisin sort précédée de Bélus, qui tient une lanterne.)

SCÈNE XIII.

PAQUETTE, GRIGNAN, puis CANILLAC.

GRIGNAN, en femme, sortant du cabinet à gauche.
C'est à mon tour.
Me voilà bien, ma foi! par ordre de la cour
On va me prendre... Allons! au couvent de Diane,
Sous ce déguisement, j'entrerai, moi profane!
(A Paquette qui rentre.)
Ai-je l'air d'une femme?... oh oui!... l'entends, ma foi!
Les exempts.
(Il arrange son costume et souffle la bougie qui est sur le guéridon.)
CANILLAC, rentrant, à ses hommes.
Rangez-vous.
(A Grignan.)
C'est un ordre du roi,
Je vous arrête...

GRIGNAN, contrefaisant sa voix.
Moi!

CANILLAC, lui montrant l'arrêt.
Voici la signature
Du ministre! partons!

PAQUETTE, à part.
Quelle étrange aventure!

CANILLAC, à ses gens.
Aux Filles-Dieu, messieurs!

PAQUETTE, allant à Grignan.
Ah ciel! c'est un couvent
De femmes!... c'est trop fort!

GRIGNAN, lui mettant la main sur la bouche.
Tu me perds!

CANILLAC, au fond, à ses hommes.
En avant

PAQUETTE.
Un pareil trait d'audace!

GRIGNAN.
Attends-moi, bon courage.
(Il sort avec Canillac et ses hommes.)

PAQUETTE, à part.
C'est égal, dans pareil couvent! un pareil page!

ACTE II.

Les petits appartements du Duc à Meudon. Au lever du rideau, Canillac est assis à un bureau.

SCÈNE PREMIÈRE.

CANILLAC, LE DUC.

LE DUC, entrant vivement.
A nous deux maintenant, j'écoute ton rapport.

CANILLAC.
Monseigneur, il est court. Arrivés à bon port,
Nous avons tous les deux vu la supérieure.
La belle est écrouée en la sainte demeure,
Et voici le reçu qu'on m'en a délivré.
(Le lui donnant.)

LE DUC.
A merveille! Et, dis-moi, n'a-t-elle pas pleuré
Dans la route?...

CANILLAC, à part.
Mentons.
(Haut.)
Elle a d'une amour folle
Donné vingt fois la preuve, oh! oui, sur ma parole.
Pas un mot contre vous, un silence profond.
Comment la supposer coupable dans le fond?...

LE DUC, impatienté.
J'admire comme ici ton amitié l'excuse.

CANILLAC.
Oui, je veux la sauver, quand même tout l'accuse.
Vous êtes bien vengé d'ailleurs, car ce couvent
Est un lieu que l'amour aborde peu souvent;
Jamais je n'ai tant vu de cadenas, de grilles,
Et ma foi, s'il les prend, il ne rend pas les filles.

LE DUC, avec colère.
Eh bien! tant mieux!...

SCÈNE II.

LES MÊMES, BIRAN, SAINTE-MAURE, arrivant sans voir d'abord le Duc.

SAINTE-MAURE.
Honneur et gloire à la Raisin!

BIRAN.
Quelle femme!...

LE DUC, d'un ton sévère.
Messieurs, du cabaret voisin
Sortez-vous?...

TOUS DEUX, interdits.
Monseigneur!

LE DUC.
Quelle est cette allégresse?...

SAINTE-MAURE.
Monseigneur, pardonnez, mais c'est un jour d'ivresse
Pour nous, pour vous surtout: la Raisin, qui l'eût cru?
Hier sur le théâtre enfin a reparu.

LE DUC, très-étonné.
Qu'entends-je?

CANILLAC, de même.
Qu'est ceci?...

SAINTE-MAURE.
D'honneur, c'est la nouvelle
Du jour. Dans *le Muet*, mon Dieu! qu'elle était belle!

LE DUC.
Le Muet, la Raisin?

BIRAN.
On peut voir de ce jour
Ce qu'une actrice gagne à prendre l'air de cour!

LE DUC, à part.
Est-ce un pari?...

SAINTE-MAURE.
Jamais on ne vit souveraine
Plus fêtée... on eût dit le retour d'une reine!...
Baron l'a ramenée, et les bouquets de fleurs
Formaient alentour d'elle un arc aux cent couleurs.
Que vous avez bien fait, vraiment, de nous la rendre!
A de plus hauts succès elle voudra prétendre,
On sait par quel lien son sort est enchaîné;
Vous avez respecté ce retour fortuné,
On ne vous a point vu, mais les yeux du parterre
Cherchaient de votre loge à percer le mystère.

LE DUC, à part.
Est-ce un rêve?

CANILLAC, de même.
Raisin sur la scène! Au couvent
Je l'ai conduite hier!...

LE DUC.
Vous êtes plus savant
En nouvelles que moi, monsieur de Sainte-Maure!

SAINTE-MAURE.
Quoi! vous ne saviez pas?...

BIRAN.
Quoi! Monseigneur ignore?...

SAINTE-MAURE.
Nous venions...

BIRAN, au Duc.
Qu'avez-vous?...

SAINTE-MAURE.
Pareil trouble...

LE DUC, se remettant.
Qui? moi...

BIRAN et SAINTE-MAURE, se retirant.
Nous vous laissons.

LE DUC.
Messieurs, au revoir! chez le roi.
(Biran et Sainte-Maure sortent.)

SCÈNE III.

LE DUC, CANILLAC.

LE DUC.
Eh bien?

CANILLAC.
Vous m'en voyez anéanti.

LE DUC.
J'enrage.
(Haut.)
Et pourtant, Canillac, voilà de votre ouvrage;
Cette supérieure, il faut me la quérir!
Tu verras que Raisin aura su l'attendrir
Par quelque beau discours. Ces femmes ont des larmes
A volonté!

CANILLAC.
Calmez, monseigneur, ces alarmes;
Peut-être en ce moment est-elle de retour
A ce couvent, je vais...

LE DUC.
C'est un infâme tour!...
Il faut qu'à ce couvent tu te rendes sur l'heure,
Tu demandes d'abord cette supérieure,
Tu la menaceras de mon juste courroux.
Qui vient de ce côté?... Paquette!... Laisse-nous.
Peut-être que par elle...
(Canillac sort.)

SCÈNE IV.

LE DUC, PAQUETTE.

LE DUC.
Eh! quoi! c'est vous, Paquette?
Depuis quand avez-vous quitté votre retraite?

PAQUETTE, d'un air chagrin.
Depuis que ma marraine en est partie, hélas!
Je l'attends, Monseigneur, elle ne revient pas,
J'ai pensé que par vous...
(Examinant le salon.)

LE DUC.
D'hier, votre marraine
A fui, répondez-moi; vous connaissez sans peine
Sa demeure, parlez?... Vous la vîtes partir,
Ne vous dit-elle rien?...

PAQUETTE, à part.
Dois-je ici lui mentir?
Le chevalier...

LE DUC.
Eh bien!

PAQUETTE.
En vérité, j'ignore
Quel motif loin de nous peut l'arrêter encore.
(A part.)
Non, je ne dirai rien, je ne le perdrai pas!...

LE DUC.
Ainsi, vous n'avez point hier suivi ses pas?
Vous ne pouvez savoir?...

PAQUETTE.
Demi-morte, éperdue,
J'arrive ici!

LE DUC.
Paquette...

PAQUETTE.
Eh bien!

LE DUC, voulant l'éprouver.
Elle est perdue.

PAQUETTE, effrayée.
Perdue, avez-vous dit? perdue!... ah! Monseigneur!

LE DUC.
Et vous aussi.

PAQUETTE.
Qui?... moi?

LE DUC.
Trahissant son honneur,
Infidèle, parjure...

PAQUETTE.
Oh! Monseigneur, de grâce!

LE DUC.
Et qui la défendra?

PAQUETTE.
Moi! malgré sa disgrâce,
Moi qui l'aime... Et quel est son crime devant vous?
Oui, je ne vous croyais que soupçonneux, jaloux...
Mais ingrat... Quelle femme a réformé sa vie
Plus vite, Monseigneur, au gré de votre envie?
Vous avez des lauriers plus beaux, plus éclatants,
Elle a mis à vos pieds les siens avant le temps.
Dédaignant pour vous seul les bravos du parterre,
Belle et jeune, elle vit obscure, solitaire,
A vos moindres souhaits conformant ses désirs,
Et ne voyant entrer chez elle aucuns plaisirs;
N'ayant en tout que moi dans son humble retraite,
Pour adoucir l'ennui de sa douleur secrète,
Ne me parlant jamais, oh! jamais, du passé,
Du théâtre, en son cœur promptement effacé;
Douce, facile à tous, affable, généreuse,
Si calme, Monseigneur, qu'on la croirait heureuse.

LE DUC.
Est-ce vrai?...

PAQUETTE.
Demandez, Monseigneur, à Meudon,
Quel pauvre est de son seuil reparti sans un don,
Un bienfait, dont souvent se tait la bienfaitrice?
Quand elle fait le bien, elle n'est point actrice
Celle-là! Mais sa bourse est à tous, quand son cœur,
Vous le savez trop bien, n'est qu'à vous, Monseigneur.

LE DUC, à part.
Comme elle la défend!

PAQUETTE.
Tenez! je ne puis croire
Qu'on vous ait fait sur elle une méchante histoire.
Elle vous a trahi, dites-vous?... l'on vous ment.
Moi je restais près d'elle... où donc est cet amant
Si fortuné, si fier, qu'il lutte avec un prince?
Ce sont là, Monseigneur, des fables de province,
On veut la perdre, on veut la noircir à vos yeux,
Non, vous ne l'aimez pas!... un mensonge odieux
Aurait-il, sans cela, sur vous autant d'empire?

LE DUC.
Eh bien! oui, j'en conviens, je l'aime et ne respire
Que pour elle!...

PAQUETTE.
Qu'entends-je?...

LE DUC.
Eh bien! oui, je te crois
Paquette, sur son cœur je conserve mes droits;
Oui, ma gentille enfant, oui, toujours cette femme
Aura, je le sens bien, la moitié de mon âme.
Qui mieux que cette ingrate a l'art de captiver?...
Elle t'aime, c'est vrai... mais tu peux la sauver,
Un mot de toi, ce mot échappé de ta lèvre
Va calmer à l'instant mon délire et ma fièvre.
Dis-moi ce que tu sais, ce que tu dois savoir!
Tu connais en ce lieu mon absolu pouvoir,
On exécutera tes ordres, oui, commande!...
Pour la première fois, songe que je demande!

PAQUETTE.
Des larmes dans ses yeux!... dois-je lui dire?...

LE DUC.
Eh bien?...

PAQUETTE, à part.
Trahir le chevalier... jamais!...
(Haut.)
Je ne sais rien,
Monseigneur.

LE DUC.

Réfléchis.

PAQUETTE.

Croyez-moi.

LE DUC.

Je me lasse!...

PAQUETTE.

Je jure par le ciel!...

LE DUC.

Je pourrai faire grâce

A la Raisin!...

PAQUETTE, à part.

Oh ciel!

LE DUC.

Réponds-donc, réponds-moi!...

PAQUETTE, troublée.

Monseigneur, je ne puis...

LE DUC, avec colère.

Ah!... c'est trop, sur ma foi,

(Il sonne, un Officier paraît.)

Qu'on garde cette fille ici : sur votre tête
Vous m'en répondrez seul, monsieur.

(Il rentre dans ses appartements.)

SCÈNE V.

PAQUETE, seule.

Oh! je suis prête
A mourir s'il le faut, mais je tiens mon serment;
Le chevalier m'a dit de me taire... Comment
Lui fallait-il pour fuir l'habit de ma maîtresse?
Que fait-il au couvent?... Mais elle!... l'heure presse,
Et je suis prisonnière ici!...

SCÈNE VI.

RAVANNE, FLEURY, PAQUETTE.

FLEURY, voyant Paquette.

L'aimable enfant!

C'est Paquette!

RAVANNE.

Paquette en cet appartement!...
Qu'y vient-elle chercher?...

FLEURY.

Voyons, parlez, la belle.
Notre protection au château vous plaît-elle?...
C'est un terrain glissant que la cour, et je crois
Que ce qu'il vous faudrait c'est un page du roi!...

PAQUETTE.

Un instant!...

FLEURY.

Oh!... je sais que je n'ai pas la mine
De Grignan, qui, pour vous, du moins je l'imagine,
Poussait de gros soupirs, hier, comme à présent
Il en pousse, à vrai dire, en un lieu moins plaisant;
Mais le lieu n'y fait rien,...

PAQUETTE.

Lui! que voulez-vous dire?
Serait-il en prison, mon Dieu!...

FLEURY.

Je veux en rire,
Ma foi, jusqu'à demain!

RAVANNE.

L'excellent tour, Fleury!

FLEURY.

N'est-ce pas que le roi lui-même en eût bien ri?

PAQUETTE.

De grâce, expliquez-vous...

FLEURY.

Enfin, voici la chose!...
Hier, je ne sais trop quelle métamorphose
Il a prise, mais, bref, Grignan a pénétré
Dans un gîte où jamais page n'était entré.

PAQUETTE, vivement.

Au couvent?...

RAVANNE.

Quoi?... déjà vous connaissez sa ruse?

PAQUETTE.

Moi? non!

FLEURY.

C'est un amour violent qui l'excuse
Il adore un objet divin, délicieux,
Que Monseigneur voulut cacher à tous les yeux
Dans ce couvent...

PAQUETTE.

Mon Dieu!...

FLEURY, à Paquette.

Qu'avez-vous?...

RAVANNE.

Du duc?...

FLEURY.

Eh! vraiment oui... Diane de Courseulle!

(A Paquette.)

Vous pâlissez?...

PAQUETTE.

Moi! rien! Quoi! vous croyez vraiment
Qu'il l'aime?...

FLEURY.

Il en est fou; j'ai tort assurément
De vous dire cela, vous pourriez le redire,
Le hasard a pris soin hier de nous instruire.
Ne nous trahissez pas, on le croit aux arrêts
A Meudon! Avec vous nous sommes indiscrets,
Mais il connaît, je crois, votre belle maîtresse,
La Raisin. A son sort, ah! qu'elle s'intéresse,
Si Monseigneur apprend, ma foi, ce nouveau tour!
Adieu! nous l'attendons pour fêter son retour

(A Ravanne.)

Au jeu de paume... ici tout près... Je crois, Ravanne,
Qu'elle l'aime!...

(Ils sortent par les appartements du Duc.)

SCÈNE VII.

PAQUETTE seule, puis LA RAISIN.

PAQUETTE.

Il est là près de cette Diane
Que je ne connais pas, il l'adore... c'est clair!
Et c'est moi qui l'aidais... dans sa fuite d'hier!...
Moi qu'il trompait ainsi! le traître!... c'est infâme!
Mais je puis le punir... me venger... je suis femme!

(Allant au bureau de Canillac.)

Un billet pour le duc... un mot,... il est perdu!...

LA RAISIN, entrant par la porte secrète, premier plan à droite.

Tu ne le perdras pas!...

PAQUETTE.

Mon Dieu! qu'ai-je entendu!
Ma marraine! madame!...

LA RAISIN.

Oh!... dis ta sœur, Paquette.
Dans ce palais j'ai pu me glisser en cachette.
Je te retrouve enfin! mais tu pleures, je croi?
Tu maudissais Grignan, il m'a sauvée, oui, moi,
Grâce à lui, j'ai séché bien des larmes cruelles;
Plus tard, tu sauras tout; mais dis... quelles nouvelles?
Monseigneur, l'as-tu vu?... que pense-t-il, mon Dieu?
Réponds donc!...

PAQUETTE.

A l'espoir il faut dire adieu,

(Redescendant la scène et lui montrant les Gardes dans la galerie.)

Moi-même, dans ce lieu, voyez, on m'emprisonne.
Si je garde jamais le secret de personne
A l'avenir, je veux...

LA RAISIN.

Qu'as-tu donc?...

PAQUETTE, à elle-même.

Imposez
Silence à votre cœur, osez nier, osez
Mentir!... pour qu'en retour un ingrat vous trahisse!

LA RAISIN.

Que murmures-tu là?...

PAQUETTE.

Je dis que ce complice,
Ce Grignan, que je viens de sauver aujourd'hui,
Est un perfide, un monstre.

LA RAISIN.

Un monstre, dis-tu? lui,
Grignan?... mais où serais-je à présent sans sa ruse?
Ce pauvre chevalier! quoi! ta bouche l'accuse!
Va, tu ne m'aimes pas! Quand la nuit a surpris
Notre carrosse, hier, aux portes de Paris,
Juge de ma stupeur en voyant sa figure!
Les gens de Monseigneur entouraient la voiture;
Mais lui, levant un store, à mes yeux s'est offert.
Alors, j'ai tout compris!... Oh! comme il a souffert!

PAQUETTE.

J'en doute!

LA RAISIN.

Apprends-le donc, ce cloître ou la Bastille
C'est de même, Paquette, on a tiré sa grille
Sur ce pauvre Grignan; il me semble le voir,
Son grand voile baissé, triste, morne au parloir,
Épiant un rayon dans ces corridors sombres

Et regardant passer les sœurs comme des ombres !
Je veux le délivrer, je veux...
                    PAQUETTE, *ironiquement.*
                              Gardez-vous bien,
Madame, de troubler un calme si chrétien.
Qui, vous, le délivrer ?... c'est un acte profane.
                    LA RAISIN.
Railles-tu ?...
                    PAQUETTE.
                    Moi, railler !... il est près de Diane,
De Diane qu'il aime ; hier en vous sauvant,
Ce n'était pas pour vous qu'il courait au couvent,
Mais bien pour l'y trouver ! oh ! je sais tout, madame !
Ce pauvre chevalier que vous plaignez dans l'âme,
Que vous voulez sauver, il est heureux, et moi !...
Moi je pleure, voyez !...
                    LA RAISIN.
                    Des larmes !... et pourquoi ?...
                    PAQUETTE.
Je l'aime !...
                    LA RAISIN.
                    Pauvre enfant !...
                    PAQUETTE.
                              Ce que vous m'allez dire
Je le devine ici, d'avance on peut prédire
Où vous conduit l'amour d'un page !... A leur abord,
On tressaille, on s'émeut, on est folle, d'accord,
Pour un bout de ruban, pour quelques équipées,
Quelques éclairs jetés le soir sur leurs épées,
Leurs éperons luisants dans l'herbe du jardin,
Leurs gants brodés, posés sur votre bras !... Soudain
Le cœur se trouble, un feu dans vos veines circule,
On se bâtit bien vite un roman ridicule ;
On aime l'un d'entre eux, puis l'on voit, sort moqueur,
Qu'il en aimait une autre, avant vous dans son cœur !...
C'est cela, n'est-ce pas ?...
                    LA RAISIN.
                    Oui, tu dis vrai, Paquette.
Nous sommes le volant, ces messieurs la raquette !
Tu l'aimais, je le vois. Il te faut l'oublier !...
                    PAQUETTE.
Quel autre ne l'eût pas aimé ce chevalier,
Quand il venait le soir, cherchant à reconnaître
Notre humble maisonnette, à la verte fenêtre,
Quand les cheveux flottants et baignés de sueur,
Pâle, et voyant au seuil une faible lueur,
Il entrait attachant son cheval à la porte,
Heureux, comme un enfant qu'un fol amour transporte,
Vous parlant de la cour, des fêtes et du roi,
Du duc, son protecteur et son mortel effroi,
Des dames du palais à la danse enivrante,
De mille bruits enfin, dont j'étais ignorante,
Si bien que, lui parti, dans ses beaux habits d'or,
En rêvant, je croyais, hélas ! le voir encor ?
                    LA RAISIN.
Il n'y faut plus penser.
                    PAQUETTE.
                    Oh ! non ! pourtant je songe
Que je l'eusse aimé tant, sans ce vilain mensonge.
                    LA RAISIN.
Un fou !...
                    PAQUETTE.
                    Vous dites vrai ; mais il l'enlèvera,
Cette femme, madame !... Oh ! quand il me verra,
              (Bruit de voix dans la coulisse.)
Je veux... Quel est ce bruit ?
                    LA RAISIN, *inquiète.*
                              C'est Monseigneur sans doute.
                    PAQUETTE, *reconnaissant la voix de Grignan.*
Cette voix !... soyons calme ici... quoi qu'il en coûte.
C'est lui !...
         LA RAISIN, *reconnaissant la voix de Grignan, allant au fond.*
Grignan !
                    GRIGNAN, *du dehors.*
                    Faquins, je suis page, ouvrez-moi
La porte !...

SCÈNE VIII.
LES MÊMES, GRIGNAN.

                    LA RAISIN, *à Grignan.*
Vous ici ! c'est vous que je revoi !
En croirai-je mes yeux ?
                    GRIGNAN.
                    Moi-même, en pleine fuite !...
J'ai lassé les limiers ardents à ma poursuite...

J'ai crevé deux chevaux ; j'allais comme le vent.
J'en eusse crevé trois, pour fuir de ce couvent !
Allez, si je revois cette sainte demeure,
Je veux que l'on me pende à sa grille et sur l'heure !
                    LA RAISIN.
Qu'avez-vous ?
                    GRIGNAN.
                    Ce que j'ai ?... J'aimerais mieux, je croi,
N'être, pendant six mois, d'aucun ballet du roi !
Figurez-vous... tenez, je suis d'une colère...
                    LA RAISIN, *riant.*
Ce pauvre chevalier...
                    GRIGNAN.
                    D'abord, pour me complaire,
Cette supérieure a près de moi placé
Une duègne affreuse, hydre du temps passé,
Qui, le nez barbouillé de son tabac d'Espagne,
M'a dit les yeux baissés : « Que Dieu vous accompagne,
Ma sœur ! Dormez en paix, car tout est bien fermé.
Bonsoir, ma sœur ! » Dormir ! quand j'étais affamé !
J'espérais bien sortir de ma noire cellule.
J'en pousse le volet ; tout d'un coup je recule,
Une chaise de poste attendait dans la cour.
Ciel !... qu'y vois-je monter ?... L'objet de mon amour.
Celle pour qui j'avais réclamé votre place,
Diane, on l'emmenait ! Un sombre effroi me glace,
Je veux crier, courir ; je maudis mes verroux...
                    LA RAISIN.
Et qui donc l'enlevait ainsi ?
                    GRIGNAN.
                              Qui ?... Son époux !
Un seigneur familier du roi dès son enfance,
Le marquis de Saint-Luc ! ils s'en vont en Provence
Dans un manoir affreux, une caverne, un trou !
La colombe est enfin adjugée au hibou,
Et moi, désespéré, sous mes habits de nonne,
Moi, j'appelais en vain, il n'est venu personne !
                    PAQUETTE.
Tant mieux !... le ciel est juste !...
                    GRIGNAN.
                              Espérer le sommeil,
C'était se consoler après un coup pareil.
Moi, je veille habillé, songeant à cette injure.
Au matin une clef grince dans ma serrure.
Grand Dieu ! c'est Canillac !... Il crie, il veut vous voir ;
Je m'ajuste et rabaisse alors mon voile noir,
Et, lui tournant le dos, j'ouvre un livre bien vite,
Ayant l'air de prier tous les saints.
                    PAQUETTE, *à la Raisin.*
                              L'hypocrite !
                    GRIGNAN.
« Ne l'interrompez pas, monsieur, » lui dit la sœur
Avec un air rempli de béate douceur ;
« De sa conversion voici le premier gage :
Elle prie, une actrice ! » Il repart ; moi j'enrage,
Je m'ennuie en ces murs où j'étouffe ; j'en sors,
Laissant la robe au diable ; enfin j'étais dehors,
Quand, au sein du tumulte, une voix nasillarde
Crie au meurtre !... au secours !... au voleur !... à la garde !...
C'était ma surveillante, hélas ! se laissant choir
En voulant me poursuivre aux marches du parloir !...
                    LA RAISIN, *riant.*
Vous voilà le héros d'une belle aventure,
Chevalier !...
                    GRIGNAN.
                    J'en rirais sans l'affreuse voiture
Qui m'emportait mon bien, mon espoir le plus doux,
Diane !...
                    LA RAISIN.
                    Elle ignorait qu'elle était près de vous,
Sans doute ?...
                    GRIGNAN.
                    Eh ! que m'importe ? Elle est fourbe, infidèle.
Oh ! mais, croyez-le bien, je veux me venger d'elle,
Si je savais du moins avec qui me venger !
              (Une pause.)
Vous, par exemple !... vous !...
                    LA RAISIN, *riant.*
                              N'allez pas déroger.
Une comédienne !
                    GRIGNAN.
                    Oh ! devant peu, je jure
De laver dans le sang du mari cette injure !
                    PAQUETTE, *ironiquement.*
Il est vieux, dites-vous ?...

GRIGNAN.
C'est vrai, je dois laisser
Le soin de ma vengeance à sa femme !... Penser
Qu'elle m'aimait pourtant et m'écrivait sans cesse !
Madame, croyez-en la fureur qui me presse,
Je veux faire la cour à toutes... Oui, je veux...
(Il lui prend la main.)
LA RAISIN, l'arrêtant.
Chevalier, je n'ai pas de droits à vos aveux;
Paquette, observe au moins, si personne n'écoute.
GRIGNAN.
Vous ne m'aimez donc pas?...
LA RAISIN.
Je vous plains.
GRIGNAN.
Oui, sans doute,
Après ce que j'ai fait pour vous!
LA RAISIN, souriant.
Non, pas pour moi,
Pour une autre, Grignan!
GRIGNAN.
Je vous donne ma foi
Que si je ne suis pas aimé, devant une heure,
Par une femme, il faut qu'à vos genoux je meure.
LA RAISIN.
Qui, vous, mourir?... Un page! Allons, rassurez-vous.
Non, vous ne mourrez pas. Tenez, vous autres fous,
Vous ne voyez jamais qu'on vous aime!
GRIGNAN, dans un embarras timide.
De grâce,
Oh! parlez! Dans quel cœur ai-je pu prendre place?...
LA RAISIN, à mi-voix.
Dans un cœur de seize ans!...
GRIGNAN.
De seize ans?...
LA RAISIN.
Une enfant,
Doux et frêle trésor, que mon amour défend,
Sous mes yeux chaque jour, comme une fleur éclose,
Humble, douce, naïve, et de sa bouche rose
N'ayant laissé tomber qu'un nom, le vôtre, hélas!
Craignant de vous le dire, et vous aimant bien bas,
Heureuse quand vers nous votre cheval vous porte;
La première à paraître au seuil de notre porte,
La dernière à quitter le banc de la maison,
Lorsque vous n'êtes plus qu'un point à l'horizon;
Suivant d'un œil troublé d'amoureuses alarmes
Votre air calme ou chagrin, votre joie ou vos larmes!
GRIGNAN.
Se peut-il?
LA RAISIN, d'un ton de reproche.
Ah! c'est plus que vous ne méritez!...
Avez-vous seulement un mot, quand vous partez,
Pour cette pauvre enfant qui vous aime et qui pleure?
GRIGNAN.
Mais où donc la trouver?
LA RAISIN.
Près de moi, tout à l'heure,
Elle était là.
GRIGNAN, à mi-voix.
Paquette!...
LA RAISIN.
Oui, Paquette; à douze ans
Je l'ai prise chez moi, la voyant sans parents;
Mais d'un bon gentilhomme elle a reçu naissance,
Son père a laissé même un nom dans la Provence.
L'aimable et douce enfant!...
PAQUETTE, revenant.
On vient de ce côté,
Madame, c'est Bélus.

SCÈNE IX.

LES MÊMES, BÉLUS.

BÉLUS, en habit de gala, et son chapeau à la main.
Moi-même, transporté,
Ravi! J'ai pu le voir, grâce aux flots de la presse,
Ils sont tous là!... Baron le harangue, le presse.
« Rendez-nous-la, dit-il, grand prince! quel beau jour!
Avec elle, chez nous, Thalie est de retour. »
Si vous aviez pu voir par quelles mains coquettes
Elle était applaudie, hier sur les banquettes;
Duchesses, commandeurs, vicomtes et marquis,
Tout ce que votre cour offre de plus exquis...
GRIGNAN.
Enfin, qu'a répondu Monseigneur?
BÉLUS.
La harangue
Dure encor... Vous savez, Baron a bonne langue.
S'il manquait de mémoire, ô contre-temps fâcheux!
Moi qui ne suis pas là pour souffler!...
LA RAISIN.
Avec eux
Ils me perdent, Bélus, les imprudents; je tremble!
O ciel! j'entends sa voix!
GRIGNAN.
C'est Monseigneur!...
LA RAISIN.
Ensemble,
Bélus, il ne faut pas qu'il nous trouve.
GRIGNAN.
Pour moi,
Je me sauve!...
(Il sort par le premier plan à gauche.)
PAQUETTE.
Et moi donc!
BÉLUS, courageusement.
Moi, je reste, ma foi;
Je n'ai point peur, allez. Ici, comme en province,
Je m'y connais, mordieu!... j'ai soufflé plus d'un prince.
LA RAISIN, montrant la porte premier plan à droite.
Vois ce boudoir, j'y cours; je t'écoute d'ici.
(Elle y entre.)
PAQUETTE, effrayée.
Et qui me défendra, moi?...
LA RAISIN, entr'ouvrant la porte.
Bélus, le voici!
Songe a plaider ma cause!...
BÉLUS, ne sachant où se cacher.
A mon tour, je tressaille!
Un souffleur, un seigneur, aux prises!... La bataille
Est inégale!... il peut me fourrer en prison!
Cachons-nous là.
(Il se fourre sous la table de droite, Paquette reste au coin.
PAQUETTE.
Comment!...
BÉLUS, sous la table.
Il entendra raison,
Moi je vous soufflerai.
PAQUETTE, à part.
Le poltron!...

SCÈNE X.

LES MÊMES, LE DUC.

LE DUC, entrant précipitamment et à lui-même.
Sur mon âme,
Ils se sont tous donné le mot. Quoi! cette femme
Me joue ainsi? chacun plaide sa cause...
(A Paquette.)
Et toi,
N'as-tu donc rien appris? dis, parle, réponds-moi...
Tu persistes?...
PAQUETTE.
Je fais appel à la justice
De Monseigneur,...
LE DUC.
Qui, toi me prier, sa complice!
Tu connais ses secrets, elle te disait tout!...
Prends garde cette fois de me pousser à bout,
Où peut-elle être enfin?... Je la trouve hardie
D'entamer avec moi pareille comédie;
Sans doute elle voulait, au gré de quelque amant,
Sur les planches ainsi remonter un moment,
Se faire désirer, chercher par moi, l'infâme!...
En dépit de la cour aimez donc une femme;
Protégez-la, pour être en ce noble trafic
La dupe de son cœur qu'elle jette au public!
BÉLUS, passant un peu la tête sous la table.
Il est plus furieux qu'Oreste.
PAQUETTE, bas à Bélus.
A l'aide!... à l'aide!...
BÉLUS, à Paquette.
Dites-lui...
LE DUC.
Moi qui suis un homme à qui tout cède,
Être ainsi, devant tous, depuis hier traité!
Cette lettre par moi surprise... indignité!...
PAQUETTE, bas à Bélus.
Soufflez-moi.
(Au Duc.)
Monseigneur, je ne sais que répondre.

LE DUC.
Quoi je ne saurai rien? Oh! c'est à me confondre!
(A part.)
Ce Canillac est-il seulement de retour?
(Haut.)
Tu veux jusqu'à la fin employer le détour!
Tu ne parleras pas?...
PAQUETTE.
          Si je ne puis rien dire,
Peut-être il est quelqu'un qui pourra vous instruire.
LE DUC.
Quelqu'un, dis-tu? quelqu'un?
PAQUETTE.
          Sans doute.
LE DUC.
                    En quel endroit
Est-il donc?... S'il m'échappe, il sera bien adroit.
(D'un air blessé.)
Fais-le venir, j'attends!...
PAQUETTE, tourmentant le tapis de la table.
          Il est dans cette salle.
LE DUC, cherchant des yeux.
Ici? je ne vois rien.
BÉLUS, à part, soulevant un peu le tapis,
          Je dois être bien pâle!
PAQUETTE, le découvrant tout à fait et le montrant au Duc.
Ne le voyez-vous pas?...
LE DUC.
          Quoi! sous ce tapis-là?
Cet homme, quel est-il?
BÉLUS, sortant lentement, et d'un ton d'humilité comique.
          Un homme qui souffla
Pendant vingt ans, du mieux qu'il put dans la province
Des acteurs fort peu sûrs de leur mémoire... ô prince!
La mienne me sert mieux, car le roi m'a donné
Deux cents écus le jour où Monseigneur est né;
Et je m'en souviendrai durant toute ma vie,
Comme d'un jour heureux et qui doit faire envie.
LE DUC, dédaigneusement.
Un souffleur!..
BÉLUS, se redressant.
          Vraiment oui, c'est mon emploi. Le sort
Fait que par moi souvent la pièce aille à bon port;
Puissé-je en ce moment, plus fier de ma manœuvre,
A mon prince, en ce jour, souffler un bonne œuvre!
PAQUETTE, à Bélus.
Fort bien!...
LA RAISIN, entrebâillant la porte.
Courage!...
BÉLUS.
          Ici, je suis un peu surpris,
Notre scène n'a pas tant d'or sur ses lambris,
Tant de pompe, d'éclat, de splendeur, de noblesse!
Sur elle, cependant, un œil royal s'abaisse
Quelquefois, non pour nous; mais un astre charmant
Qui brille dans notre ombre, étoile ou diamant,
Nymphe où péri, qu'importe? éblouit et captive
Celui qui lui prêtait une oreille attentive,
Qui lui donne bientôt son cœur en l'écoutant:
Dans la bouche qui plaît les beaux vers plaisent tant!
Avec celle qu'on aime on est d'intelligence,
On interroge tout, son regard, son silence;
Quand elle arrive en scène, on l'y suit plein d'effroi,
On palpite, on pâlit, oh! oui... fût-on le roi!
Elle est si belle!...
LE DUC.
          Un mois après elle se joue
De notre amour! Du fard sur le cœur et la joue!
BÉLUS.
Monseigneur est bien dur!
LE DUC.
          Je suis juste... Pourquoi
Enfreindre ma défense et se jouer de moi?...
J'étais son seul ami...
BÉLUS.
          Moi j'en connais un autre
Qui la chérissait bien!
LE DUC.
          Et quel est-il?
BÉLUS.
                    Le nôtre,
Le public! Toute jeune il la couvrit de fleurs;
Il la prit orpheline, endormit ses douleurs.
Elle était bien à plaindre alors! la faim cruelle
L'assiégeait; notre troupe était pauvre comme elle,

Monseigneur; mais le ciel sourit à ses essais:
Londres même applaudit à ses premiers succès,
Et quand elle revint des bords de la Tamise,
Chez elle, chaque soir, notre table était mise.
Molière était malade, elle l'a secouru.
Nous l'aimions tous! Aussi quand elle a reparu,
Dans le fond de mon trou, moi j'essuyais la trace
D'une larme!... Pour elle!... oh! je demande grâce!
Notre deuil était sûr, il semblait que le sort
Du jour de son départ nous eût frappés de mort;
Elle a voulu pour nous revoir son ancien maître.
A bon droit le nouveau s'en irrite peut-être?
Mais il est noble, juste, il sait que le pardon
Est un droit dont à nul il ne fait abandon;
Que dans sa bouche, un mot, un seul mot peut sur l'heure
Ramener à ses pieds une femme qui pleure,
Qui souffre, qui gémit d'avoir pu l'offenser.
Ce mot coûte-t-il donc autant à prononcer,
Monseigneur?...
(A Paquette.)
          Il est pris..
PAQUETTE, bas à Bélus.
          Bravo!...
BÉLUS.
                    Je suis en nage!...
J'aimerais mieux souffler du Pradon!
LE DUC, après un temps.
                    Pour otage
Je te garde.
BÉLUS.
          Ce m'est, à coup sûr, grand honneur.
LE DUC.
Si tu mens, gare à toi!
BÉLUS.
          J'ai dit vrai, Monseigneur.
Elle est là, près de vous; quittez cet air sévère.
LE DUC.
Près de moi?...

SCÈNE XI.

LES MÊMES, CANILLAC, accourant.

CANILLAC, vivement au Duc.
          Je l'ai vue; elle était en prière
Au couvent.
BÉLUS, à part.
          Peste soit, ma foi, de l'importun!
LE DUC.
Tu l'as vue!... au couvent?
CANILLAC.
          Oui, Monseigneur.
LE DUC, à part.
                    Quelqu'un
Des deux me ment!... (A Canillac.) Tu dis...
CANILLAC.
                    C'est la vérité pure.
Elle achevait alors une sainte lecture.
Je sors édifié de son recueillement.
BÉLUS, à part.
Je voudrais, pour ma part, le tenir un moment,
Ce diable de marquis!...
PAQUETTE, à part.
          Comment allons-nous faire
Avec le chevalier? (Bas à Bélus.) Bélus, il faut vous taire.
BÉLUS.
Pourquoi?
PAQUETTE, bas.
Vous le saurez.
LA RAISIN entre doucement et vient au milieu.
          Monseigneur, me voici.
Bélus vous a dit vrai.
CANILLAC, surpris.
          Comment! elle est ici?
(Haut.) Madame!...
LA RAISIN.
          Monseigneur...
CANILLAC.
                    Ma surprise est extrême!
Je suis sûr, cependant, là, comme de moi-même,
D'avoir vu...
LE DUC.
          Laissez-nous. (A part.) C'est d'elle que je veux
Savoir la vérité.
(Il fait un signe, tout le monde se retire. La Raisin a tendu sa main à Bélus à sa
          sortie.)

SCÈNE XII.

LE DUC, LA RAISIN.

LE DUC, après une pause.
J'ai droit à vos aveux,
Madame, expliquez-vous. (A part.) Contenons ma colère.
LA RAISIN.
A son maître toujours on a tort de déplaire,
Oui, ce crime est le mien; c'est vrai, je vous ai fui;
Oui, je reviens coupable et me livre aujourd'hui.
Mon châtiment est prêt, je l'attends sans murmure.
Ordonnez, Monseigneur! Quelle peine assez dure
Peut m'atteindre? Jugez! j'ai fait du bien sans vous;
J'ai, pour des malheureux, bravé votre courroux.
Voyons, punissez-moi de cette rare audace!
Je ne viens point ici prier, demander grâce;
Non, je me rends justice.
LE DUC, désignant le rapport sur son bureau.
Ainsi, dans ce rapport
Tout est fidèle?...
LA RAISIN.
Tout; j'en demeure d'accord.
LE DUC.
Vous parûtes hier dans cette comédie?
LA RAISIN.
Hier...
LE DUC.
Pour couronner cette action hardie,
Madame, vîtes-vous l'auteur de ce billet?
LA RAISIN.
Je l'ai vu.
LE DUC, vivement.
Nommez-le; quel motif vous liait
Avec cet inconnu? Son audace réclame
Un public châtiment. J'attends son nom, madame,
La Bastille est un lieu commode pour penser,
Et je songe vraiment à le récompenser.
LA RAISIN, avec un effort joué.
Quoi! la prison?...
LE DUC.
Sans doute; avec un pareil homme,
Doit-on tarder?
LA RAISIN, même jeu.
Mon Dieu! qu'ici je vous le nomme?
Ah! c'est affreux!
LE DUC.
Affreux? Auriez-vous fait serment
De le sauver? Voyons, quel est donc cet amant?
Son nom?...
LA RAISIN.
Vous l'exigez?...
LE DUC.
Oui, nommez-moi l'infâme!
LA RAISIN.
Eh bien!... j'obéirai... C'est...
LE DUC.
C'est?...
LA RAISIN.
C'est une femme;
Ma sœur!
LE DUC, à part.
Sa sœur!...
LA RAISIN.
Et si vous pouvez en douter,
J'ai d'autres billets d'elle, on peut les consulter.
Eh bien! l'enverrez-vous ce soir à la Bastille?
LE DUC.
Sa sœur!...
LA RAISIN.
Oh! croyez-moi, c'est une pauvre fille
Que son amour pour moi rend injuste pour vous;
Plaignez-la, sans tirer sur elle les verrous...
Sa lettre est un placet écrit à mon adresse...
Elle savait, hélas! notre troupe en détresse,
Voilà pourquoi son cœur du mien s'est souvenu;
Par elle, j'en conviens, vous fûtes méconnu,
Mais en me ravissant à cette sœur si chère,
Vous aviez bien un peu mérité sa colère!...
LE DUC, après un temps.
Soit! mais n'aviez-vous pas en mes mains abjuré
Le théâtre à jamais contre moi conjuré?...
LA RAISIN.
Et depuis quand la cour hait-elle le théâtre?...
A votre âge, le roi s'en montrait idolâtre.
Mon crime est d'avoir pu de vos yeux me bannir

Pour un soir... Mais aussi je prétends me punir.
LE DUC.
Qui, vous?
LA RAISIN.
Moi!
LE DUC.
Raillez-vous?
LA RAISIN.
Non, et je prétends faire
De ma punition une chose exemplaire.
Vous-même, sur ce point, je veux vous consulter
Et c'est pour le couvent que je vais vous quitter.
LE DUC.
Me quitter pour le cloître?
LA RAISIN.
Eh! vraiment oui, vous dis-je.
Le cloître a ses douceurs; est-ce un si grand prodige
Qu'on hésite à changer contre un pareil séjour
Les ennuis, les chagrins et les amours de cour?
Se lever avec l'aube, assister à matines,
Lorsque sonnent pour nous les cloches argentines,
Sous la guimpe flottante ensevelir ces yeux
Que tant de conseillers trouvaient pernicieux,
Élever une fleur éclose à sa fenêtre,
Vivre, prier, dormir, sans nul souci d'un maître,
Libre de sa pensée autant que de son cœur,
Et se moquant enfin de ce monde moqueur;
De paix et de vertu quel plus heureux ensemble?...
Quel parti plus décent? dites, que vous en semble?...
LE DUC.
Mais...
LA RAISIN.
Vous hésiteriez... pour ma conversion!
Encouragez plutôt cette vocation,
Faites-moi renier les pompes de Molière.
Quoi! cette cour n'aurait qu'une la Vallière
Il en faut deux, je suis la seconde, ce soir,
Et mets entre nous deux les grilles d'un parloir.
LE DUC.
Raisin!
LA RAISIN.
N'estimez pas trop haut ce sacrifice,
A mes adorateurs d'hier je rends justice.
D'Estrade écrit fort bien, De Guiche excelle en tout,
Marcillac et Grammont eurent pour moi du goût,
En me voyant hier reparaître à la scène;
Tous m'ont écrit, voyez, cela sent la verveine!...
L'ambre!... l'œillet!... eh bien! tous ces billets galants
Que prouvent-ils? Mon Dieu! que l'on a vingt-cinq ans.
LE DUC.
Elle a dit vrai, voilà, par ma foi, du La Fare,
Du Seignelay!...
(Haut.)
Chacun devait sonner fanfare
En votre honneur.
LA RAISIN.
Ah! c'est l'effet de mon retour;
Hier, vous le voyez, j'avais aussi ma cour!
LE DUC.
Permettez...
LA RAISIN.
Mais aussi, vous approuvez, je pense...
Mon projet de retraite?
LE DUC.
Encor?
LA RAISIN.
Tout se compense,
J'expie à ce couvent mes erreurs d'autrefois.
Ne vous désolez point, vous viendrez... quelquefois...
LE DUC.
Vous partez?
LA RAISIN.
Il le faut.
LE DUC, l'arrêtant.
De mon choix je suis maître.
Me séparer de vous! vous l'avez cru peut-être.
Je fus jaloux, cruel, injuste, ce matin,
Mais vous voir suffisait pour changer mon destin.
Le moindre mot tombé d'une lèvre chérie
Nous ramène si vite à notre idolâtrie!
Mon cœur a deviné le plus cher de vos vœux.
Je ne vous quitte plus, vous restez, je le veux!...
Non comme une maîtresse, hochet brillant, splendide,
Vous méritez, Raisin, un lien plus solide,
Et dût-on m'en blâmer, je veux que cette main...

LA RAISIN, à part.
Qu'entends-je?...
LE DUC.
Elle est à vous, unissons-nous demain,
Je vous épouse.
LA RAISIN.
Moi?...
LE DUC.
Vous! je vous fais l'arbitre
De mon sort.
(Il tombe à genoux.)
LA RAISIN, souriant.
De Cyrus je crois lire un chapitre.
(A part.)
Pauvres hommes! voilà ce que l'amour en fait!...
LE DUC.
Douteriez-vous de moi?
LA RAISIN.
Duc, un pareil bienfait...
Relevez-vous!...
LE DUC.
J'attends.
LA RAISIN, partant d'un éclat de rire.
Ah! ah! la bonne scène!
Si le roi vous voyait aux pieds de Célimène!
(Elle rit de nouveau.)
LE DUC, stupéfait.
Vous riez?...
LA RAISIN.
Voulez-vous me punir d'avoir ri?
En vous voyant, hélas! je pense à mon mari.
-Pauvre Raisin! un duc lui succéder! Molière
En rirait plus que moi, sa très-humble écolière!
(D'un ton sérieux.)
Cessons ce badinage, oublions tout ceci.
LE DUC.
Quoi!...
LA RAISIN.
Mais ne croyez pas vous trouver quitte ainsi;
A l'hôtel de Bourgogne il faut un patronage.
Oui, même après le mien... Je veux le vôtre... Un gage...
Voyons.
(Elle lui tend la main, le Duc s'en empare et y dépose un baiser. Riant.)
L'acte est signé.
LE DUC.
Vous jurez d'oublier
Votre amour du couvent?
LA RAISIN.
Un autre, un chevalier,
M'y remplaça.
LE DUC.
Vraiment?...
LA RAISIN.
Dans ce lieu vénérable,
Il est entré pour moi, c'est être bien coupable,
Monseigneur; cependant rendez-lui vos bontés.

SCÈNE XIII.

LES MÊMES, GRIGNAN, puis BÉLUS et PAQUETTE.

GRIGNAN, sortant du premier cabinet à gauche, avec une componction hypocrite.
De mon maître en ce lieu j'attends les volontés...
Une nuit au couvent rachète bien des fautes!
LE DUC, à part.
C'était lui!...
LA RAISIN.
Pour punir des trahisons si hautes,
N'allez pas lui trouver un trop dur châtiment.
LE DUC.
Le sien est prêt, je l'ai.
LA RAISIN.
Quoi donc?...
LE DUC.
Un régiment.
Il partira demain, quelqu'un me le demande,
Et j'ai promis.
PAQUETTE, entrant avec Bélus et à part.
Quelqu'un?
LE DUC, donnant un papier à Grignan.
Voyez ce qu'on me mande,
Monsieur... Lisez tout haut.
GRIGNAN, lisant.
« J'adjure Monseigneur,
» Pour moi, pour mon repos, comme pour mon honneur,
» D'accorder à monsieur de Grignan, en Champagne,
» Un régiment, afin qu'il tienne la campagne
» Six mois au moins... »
LA RAISIN et PAQUETTE.
Six mois!...
GRIGNAN, continuant.
« Je crains son fol amour;
» J'en suis guérie enfin, je ne l'aimai qu'un jour.
» DIANE. »
LE DUC.
Ce départ n'a pas l'air de vous plaire.
(Lui montrant le post-scriptum.)
Et plus bas : « Mon mari se joint à ma prière. »
Deux contre un, jugez-en, pouvais-je refuser?
GRIGNAN.
Diane! La perfide! à ce point m'abuser!
(Il jette la lettre à terre avec dépit.)
LA RAISIN, à Grignan, à mi-voix.
Je m'en vengerais bien par un bon tour de page!
GRIGNAN.
Comment?...
LA RAISIN.
En lui mandant aussi mon mariage!
Vous faites l'étonné, vous ouvrez de grands yeux?
Chevalier, la vengeance est le plaisir des dieux...
Et des pages aussi... Prouvez-le, la coquette
Mourra de désespoir au seul nom...
GRIGNAN.
De?...
LA RAISIN, bas à Grignan.
Paquette!...
GRIGNAN, étonné.
Paquette!
PAQUETTE.
Chevalier...
GRIGNAN, à part.
Mon Dieu! sur son amour
Me serais-je mépris?
(A La Raisin.)
Moi, l'épouser un jour!
LA RAISIN, vivement en passant près du Duc.
Monseigneur fait la dot?...
BÉLUS, qui a suivi tous ces mouvements, dit à part à droite.
Mari...
(Au Duc.)
Ma foi! j'espère
Que la conversion, monseigneur, est sincère.
GRIGNAN.
Mari! mari par ordre!... Ah bast!
(A Paquette.)
Sur ce ruban,
Je jure d'être à toi...
BÉLUS, à part.
Bon! serment de forban,
J'en suis sûr.
PAQUETTE, à Raisin.
Ah! sans vous...
LE DUC.
Chevalier, je t'engage
Pour Paquette, à rester dès lors dans ce voyage
Un peu moins de six mois,...
GRIGNAN.
Avec deux, Monseigneur,
Je reviens colonel!
LE DUC, à Bélus.
Eh bien! notre souffleur,
Êtes-vous satisfait?... A chacun je pardonne.
BÉLUS.
Même à moi, monseigneur?...
LE DUC.
Oh! pour toi, je te donne
Six cents écus.
BÉLUS.
A moi?
LE DUC.
Pour m'avoir bien soufflé.
BÉLUS.
Quoi! mon petit trésor par vous serait triplé?...
(A La Raisin.)
C'est pourtant grâce à vous!
LE DUC.
Mais, dans ton ministère,
Tu ne souffleras plus madame, je l'espère?...
BÉLUS, au Duc.
Je le jure; aussi bien, je renonce à l'emploi,
Monseigneur, j'ai donné mon dernier souffle au roi!
(Le Duc baise la main de La Raisin, tandis que Grignan et Paquette la remercient.)

FIN.

25ᵉ SÉRIE.
- Le Vieux Caporal ... 40
- Diane de Lys et de Cam. }
- Gr. et Déc. de Prodhon. } 40
- Le Roman d'une heure. }
- Thérèse, ou Ange et Diab. 20

26ᵉ SÉRIE.
- Par. qui pl. et Par. qui r. }
- Le Chêne et le Roseau. } 40
- Les Orph. de Valneige. }
- Marie-Rose. }
- L'Ambigu en hab. neufs. } 40

27ᵉ SÉRIE.
- Un Notaire à marier ... }
- Les Rendez-vous Bourg. } 40
- L'Honneur de la Maison. } 40
- Le Laquais d'Arthur ... }
- L'Agent du Diable ... 20

28ᵉ SÉRIE.
- La Boisière ... }
- Quand on att. sa Bourse. } 40
- Le Ciel et l'Enfer ... } 40
- Souvent Femme varie ... }
- Gastibelza ... 20

29ᵉ SÉRIE.
- Schamyl ... }
- Deux Femmes en gage. } 40
- L'Armée d'Orient ... }
- Où passerai-je mes Soir. } 40
- Les Gaietés champêtres. 20

30ᵉ SÉRIE.
- La Bonne Aventure ... }
- En Bonne Fortune. } 40
- Gusman le Brave ... }
- Ce que vivent les Roses. } 40
- Les Oiseaux de la Rue. 20

31ᵉ SÉRIE.
- Le Prophète ... }
- Un Vieux de la Vieille } 40
- Échec et Mat. ... }
- Mam'zelle Rose ... } 40
- Louise Nanteuil. ... 20

32ᵉ SÉRIE.
- La Prière des Naufragés. }
- Un Mari en 150. } 40
- Les Cinq Cents Diables. } 40
- À Clichy ... }
- Harry le Diable ... 20

33ᵉ SÉRIE.
- Boccace ... }
- Cerisette en prison. } 40
- La Vie d'une Coméd. }
- Le Manteau de Joseph. } 40
- Le Chevalier d'Essonne. 20

34ᵉ SÉRIE.
- Souvenirs de jeunesse. }
- York. } 40
- Georges et Marie } 40
- Sous un bec de gaz. }
- Lilli. ... 20

35ᵉ SÉRIE.
- Marthe et Marie. }
- Une Femme qui se grise. } 40
- L'Enfant de l'amour }
- Le Sourd ... } 40
- Le Marbrier ... 20

36ᵉ SÉRIE.
- Les Oiseaux de Proie. }
- Un feu de Cheminée } 40
- La Croix de Marie ... }
- Le Chevalier Coquet } 40
- Hortense de Cerny. 20

37ᵉ SÉRIE.
- Paris. ... }
- La Mort du Pécheur. } 40
- Un Mauvais Riche. }
- Dans les Vignes. } 40
- Le Gant et l'Éventail. 20

38ᵉ SÉRIE.
- L'Histoire de Paris. }
- Pygmalion. } 40
- Salvator Rosa. }
- Un Cœur qui parle. } 40
- Le Vicaire de Wakefield. 20

39ᵉ SÉRIE.
- Les Grands Siècles. }
- Le Devin du Village. } 40
- Le Donjon de Vincennes. }
- Les Jolis Chasseurs. } 40
- Le Théâtre des Zouaves. 20

40ᵉ SÉRIE.
- Le Moulin de l'Ermitage. }
- Les Derniers Adieux. } 40
- Le Gâteau des Reines. }
- Une Pleine Eau. } 40
- Aimer et Mourir. 20

41ᵉ SÉRIE.
- Le Sergent Frédéric }
- Le Duel de mon Oncle. } 40
- La Florentine }
- Jeanne Mathieu } 40
- Songe d'une Nuit d'hiv. 20

42ᵉ SÉRIE.
- Les Noces vénitiennes. }
- L'Héritage de ma Tante. } 40
- Le Sire de Framboisy. }
- L'Homme sans Ennemis. } 40
- La Chasse au Roman. 20

43ᵉ SÉRIE.
- Le Paradis perdu }
- En manches de chemise } 40
- Les Maréch. de l'Empire. } 40
- Élodie }
- Lucio Didier. 20

44ᵉ SÉRIE.
- Le Masque de poix. }
- L'Amour et son train. } 40
- Jocelyn le garde-côte. } 40
- Le Bal d'Auvergnats }
- Le Démon du Foyer 20

45ᵉ SÉRIE.
- Aventures de Mandrin }
- Dieu m., le couv. est mis. } 40
- L'Oiseau du Paradis } 40
- Si j'étais riche. }
- Drames aux Familles 20

46ᵉ SÉRIE.
- Le Médecin des Enfants. }
- Médée } 40
- Le Pendu }
- Mon Isménie. } 40
- Les Fanfarons de vice. 20

47ᵉ SÉRIE.
- Marie Stuart en Écosse. }
- Les Bât. dans les roues. } 40
- Le Fils de la Nuit }
- Les 7 F. de Barbe-bleue. } 40
- Un Roi malgré lui. 20

48ᵉ SÉRIE.
- Les Zouaves. } 40
- Le Jour du Frotteur. }
- Le Marin de la garde. }
- Sous les Pampres } 40
- Un Voyage sentimental. 20

49ᵉ SÉRIE.
- Les Pauvres de Paris. }
- As-tu tué le mandarin. } 40
- Les Parisiens. }
- Schahabaham II } 40
- Les Pièges dorés 20

50ᵉ SÉRIE.
- Jane Gray. }
- La Bonne d'enfant. } 40
- L'Avocat des Pauvres. }
- Les Suites d'un 1ᵉʳ lit. } 40
- Les Toilettes tapageuses. 20

51ᵉ SÉRIE.
- Fualdès. }
- Grasset embêté p' Ravel. } 40
- Cléopâtre }
- Toquades de Boromée. } 40
- Rose et Marguerite 20

52ᵉ SÉRIE.
- Jérusalem }
- Les Cheveux de ma Fem. } 40
- Le Secret des Cavaliers }
- Six Demoiselles à marier } 40
- Le Docteur Chiendent. 20

53ᵉ SÉRIE.
- La Reine Topaze }
- Le 66 } 40
- Le Chât. des Ambrières }
- Roméo et Mariette } 40
- L'Echelle de Femmes 20

54ᵉ SÉRIE.
- La Fausse Adultère }
- Madame est de retour. } 40
- La Route de Brest. }
- Secret de l'oncle Vincent. } 40
- Croquefer 20

55ᵉ SÉRIE.
- Les Gens de Théâtre }
- Une Panthère de Java } 40
- Orphelins du Pont N.-D. }
- Le Jour de la Blanchiss. } 40
- Le Fils de l'Aveugle 20

56ᵉ SÉRIE.
- Les Orph. de la Charité. }
- La Rose de Saint-Flour } 40
- Le Pressoir }
- Fais la cour à ma Femme. } 40
- Les Reine. de la Rampe 20

57ᵉ SÉRIE.
- Jean de Paris }
- Un Chapeau qui s'envole } 40
- La Belle Gabrielle. }
- Zerbine, } 40
- Les Lanciers. 20

58ᵉ SÉRIE.
- L'Aveugle. }
- Un Fameux Numéro } 40
- Les Deux Faubouriens }
- Polkette et Bamboche } 40
- Dalila et Samson 20

59ᵉ SÉRIE.
- Michel Cervantes }
- L'Opéra aux Fenêtres. } 40
- André Gérard }
- Une Soubrette de qualité. } 40
- Le Prix d'un Bouquet. 20

60ᵉ SÉRIE.
- Les Chev. du Brouillard. }
- Le Roi boit } 40
- L'Amiral de l'Esc. bleue }
- Vent du soir } 40
- Roméo et Juliette 20

61ᵉ SÉRIE.
- Si j'étais roi }
- La Dame aux jamb. d'azur. } 40
- Les Viveurs de Paris }
- La Modèle du Nanterre } 40
- On demande un Gouvern. 20

62ᵉ SÉRIE.
- La Bête du bon Dieu }
- Le Mobilier de Bamboche } 40
- William Shakspeare }
- Une Minute trop tard } 40
- Le Télégraphe électrique. 20

63ᵉ SÉRIE.
- La Filleule du Chausonn. }
- Ponicault le Somnambule. } 40
- La Comt. de Novailles. }
- Avez-vous besoin d'arg. } 40
- Un Réveil du Siècle 20

64ᵉ SÉRIE.
- Les Filles de Marbre }
- Le Cousin du Roi } 40
- Les N. de Bouchoncœur }
- Les Jeux innocents. } 40
- L'Anneau de Fer 20

65ᵉ SÉRIE.
- L'Étoile du Nord }
- Brin d'Amour } 40
- Le Feu par Amour. }
- L'Amour mouillé } 40
- La Comète de Ch.-Quint. 20

66ᵉ SÉRIE.
- Le Carnaval de Venise }
- Le Compag. de Voyage } 40
- Le Fléau des Mers }
- Un Gendre en Surveill. } 40
- Le Fils de la Folie. 20

67ᵉ SÉRIE.
- Ohé! les P'tits Agneaux! }
- Un Oncle aux Carottes } 40
- Le Rocher de Sisyphe. }
- Les Gardes du roi de Siam } 40
- Paris Crinoline 20

68ᵉ SÉRIE.
- Les Vaches landaises }
- Une Mèche éventée } 40
- Les Fiancés d'Albano }
- Le Parapluie d'Oscar. } 40
- Diane de Chivry. 20

69ᵉ SÉRIE.
- Le Bonhomme Lundi }
- L'Éducation d'un Serin } 40
- Le Pays des Amours }
- La Gammina. } 40
- Le Dessous des Cartes 20

70ᵉ SÉRIE.
- Les Orph. de St-Saver. }
- M. et Mme Rigolo } 40
- Les Talismans }
- Les Désespérés } 40
- Les Étudiants 20

71ᵉ SÉRIE.
- La Perle du Brésil }
- La Raisin. } 40
- Le Martyre du Cœur }
- Méphistophélès } 40
- Thérèse ou l'O. de Genève 20

72ᵉ SÉRIE.
- Germaine }
- La Botte secrète. } 40
- Margot }
- Maître Bâton. } 40
- Eulalie Pontois 20

73ᵉ SÉRIE.
- Les Mers polaires }
- Mam'selle Jeanne } 40
- Les Fugitifs }
- Le Fou à une v. maison } 40
- Il y a seize ans 20

74ᵉ SÉRIE.
- La Nuit du 20 septembre. }
- Les Petits Prodiges. } 40
- Les Croc. du Père Martin }
- Une Croix à la Cheminée } 40
- La Bataille de Toulouse 20

75ᵉ SÉRIE.
- Jaguarita l'Indienne }
- Le Déjeuner de Fifine } 40
- Jean-Bart. }
- Un Banq. où il y en a peu } 40
- La Famille Lambert 20

76ᵉ SÉRIE.
- Les Mousq. de la Reine. }
- Les Précieux. } 40
- Il faut que jeun. se pass }
- J'ai mangé mon ami } 40
- Rose et Rosette. 20

77ᵉ SÉRIE.
- Les Bibelots du Diable }
- Les deux Pécheurs } 40
- Les Mères repenties }
- Vente d'un riche mobilier } 40
- Les Amants de Murcie 20

78ᵉ SÉRIE.
- Les Pantins de Violette }
- Eva } 40
- Turlututu, chap. pointu }
- Je croque ma tante. } 40
- Calas. 20

79ᵉ SÉRIE.
- Tromb-al-ca-zar }
- Si ma femme le savait. } 40
- Le Château de Grantier }
- Préciosa } 40
- Les Rôd. du Pont-Neuf 20

80ᵉ SÉRIE.
- Les Enfants terribles }
- Une Mais. bien agréable } 40
- La Case de l'oncle Tom. }
- Griseldis, ou les cinq sens } 40
- Lisbeth. 20

81ᵉ SÉRIE.
- Frère et Sœur }
- Drelin! drelin! } 40
- Le Punch Grassot }
- Monsieur mon fils } 40
- L'Ouvrier 20

82ᵉ SÉRIE.
- Le Clou aux maris }
- La Marquise de Tulipano. } 40
- Les Dragons de Villars. }
- Une Crise de ménage } 40
- Le Test. de la p. femme 20

83ᵉ SÉRIE.
- Le comte de Lavernie. }
- 5 gaill. dont 2 gaillardes } 40
- Martha }
- Plus on est de fous. } 40
- Le Père de famille 20

84ᵉ SÉRIE.
- Faust }
- La Perdrix rouge } 40
- Maurice de Saxe }
- Anguille sous roche } 40
- La Vendetta 20

85ᵉ SÉRIE.
- Les Ducs de Normandie }
- Une Temp. dans une Baig. } 40
- Cartouche }
- Un Mari d'occasion } 40
- La Fiancée de Lammerm. 20

86ᵉ SÉRIE.
- La Demoiselle d'honneur. }
- Entre Hommes } 40
- L'école des Ménages. }
- Le Tueur de lions } 40
- Othello. 20

87ᵉ SÉRIE.
- Paris s'amuse }
- Soufflez-moi dans l'œil } 40
- Le Maître d'École }
- L'Inventeur de la poudre. } 40
- Gaétan il Mammone 20

88ᵉ SÉRIE.
- Les Grands Vassaux }
- Le Dîner de Madelon. } 40
- Fanfan la Tulipe }
- Pan, pan, c'est la fortune. } 40
- Le Diamant 20

89ᵉ SÉRIE.
- Cri-cri }
- Orfa. } 40
- Quentin Durward }
- La Chèvre de Ploërmel } 40
- Robert, chef de Brigands. 20

90ᵉ SÉRIE.
- Les Comp. de la Truelle }
- Le Capitaine Chérubin } 40
- Songe d'une Nuit d'été }
- Un Fait-Paris } 40
- Les Frères à l'Épreuve 20

91ᵉ SÉRIE.
- Les Chev. du Pince-Nez }
- Le Dada de Palmbœuf. } 40
- Le Sav. de la rue Quinc }
- Tant va l'Autruche à l'eau } 40
- Le Philos. sans le savoir. 20

92ᵉ SÉRIE.
- Le Roi de Bohême }
- Aimons notre prochain } 40
- Le Prêteur sur Gages. }
- Le Chevalier des Dames } 40
- Adolphe et Sophie. 20

93ᵉ SÉRIE.
- Le Marchand de coco. }
- Une Dame pour voyager } 40
- Sans Queue ni Tête }
- Une Bonne pour tout faire. } 40
- Mac Dowel 20

94ᵉ SÉRIE.
- Les Deux Aveugles }
- Les Trois Sultanes } 40
- L'Histoire d'un Drapeau }
- L'Ut dièze } 40
- Farruck le Maure 20

95ᵉ SÉRIE.
- Christine à Fontainebleau }
- Orphée } 40
- Le Roi des Îles }
- Le Paletot brun. } 40
- Élodie 20

96ᵉ SÉRIE.
- La Lanterne magique }
- L'Avocat du Diable } 40
- La Fille du Tintoret }
- Madame est aux Eaux } 40
- Le Colonel et le Soldat 20

97ᵉ SÉRIE.
- Fanchette }
- Otez votre fille, S. V. P. } 40
- Compère Guillery }
- M. de Bonne-Étoile } 40
- Françoise de Rimini 20

98ᵉ SÉRIE.
- Le Jugement de Dieu. }
- L'Omelette de Niagara. } 40
- Le Sang-mêlé. }
- Le Petit Cousin. } 40
- Le Pied de mouton. 20

99ᵉ SÉRIE.
- La Mère du Condamné. }
- C'était Moi } 40
- Charles VI }
- Je m'appelle Victoire! } 40
- La Suédoise 20

100ᵉ SÉRIE.
- La Sirène de Paris. }
- Le Sou de Lise } 40
- Fils de la B. au B.-Dorm. }
- La Veuve au Camélia. } 40
- La Bague de fer 20

101ᵉ SÉRIE.
- Pianella. }
- L'École des Arthur. } 40
- Une Pécheresse }
- Feu le Capitaine Octave. } 40
- La Forêt périlleuse 20

102ᵉ SÉRIE.
- La Tête des Loups }
- L'Esprit familier. } 40
- Un Drame de famille. }
- L'Hôtel de la poste. } 40
- Comme on gâte sa vie. 20

103ᵉ SÉRIE.
- La Petite Pologne }
- Les Comédiens de salons. } 40
- Gentilh. de la montagne. }
- Les Baisers } 40
- Les Victimes cloîtrées. 20

104ᵉ SÉRIE.
- Mém. de Mimi Bamboche. }
- Gemma. } 40
- Les Bourgeois-Gentilsh }
- Matelot et Fantassin. } 40
- Richard Cœur de Lion 20

105ᵉ SÉRIE.
- La Maison du pont N.-D. }
- Trois Amours de Tibulle. } 40
- Le Bijou perdu }
- Voyage aut. de ma marm. } 40
- Les Francs Juges 20

106ᵉ SÉRIE.
- Jeanne qui pl. et J. qui rit. }
- Le Rosier. } 40
- L'Escamoteur. }
- C'est ma femme. } 40
- Le Prisonnier Vénitien. 20

107ᵉ SÉRIE.
- Trottman, le touriste }
- Un Mari à l'italienne } 40
- La Fille des chiffonniers. }
- Sourd comme un pot } 40
- Raymond 20

108ᵉ SÉRIE.
- Gil-Blas }
- Je suis mon fils } 40
- Le Chemin le plus long, }
- Mari aux Champignons } 40
- La Sorcière. 20

109ᵉ SÉRIE.
- La Bague de Thérèse. }
- L'Amour de Trapèze } 40
- Marg. de Sainte-Gemme. }
- L'Habit de Mylord } 40
- La Cabane de Monjsinard 20

110ᵉ SÉRIE.
- Le Bataillon de la Moselle }
- Le Jeune homme au riflard } 40
- Oh! la la! qu'c'est bête. }
- Après deux ans } 40
- Les Étouffeurs de Londres. 20

111ᵉ SÉRIE.
- Maris me font touj. rire. }
- Une Ombrelle comprom. } 40
- Les Gueux de Béranger. }
- La Grotte d'azur } 40
- Fénelon. 20

112ᵉ SÉRIE.
- Alceste. }
- La Balançoire } 40
- L'Ange de Minuit }
- Les Deux Cadis. } 40
- Palmérin 20

113ᵉ SÉRIE.
- Un Dimanche à Robinson }
- Monsieur votre fille. } 40
- La Beauté du Diable }
- Rosemonde } 40
- L'Honnête Criminel. 20

114ᵉ SÉRIE.
- Les deux Veuves }
- Alexandre chez Appelle } 40
- Les Danses nationales }
- Le Gardien des scellés. } 40
- Misanthropie et repentir, 20

115ᵉ SÉRIE.
- Cora ou l'Esclave }
- Si Pontoise le savait. } 40
- Les Visitandines. }
- Clairette et Clairon. } 40
- Simon le voleur. 20

116ᵉ SÉRIE.
- Les Aventuriers }
- Flamberge au vent. } 40
- Le Bouquet des Innocents }
- Arrêtons les frais... } 40
- La petite ville. 20

117ᵉ SÉRIE.
- Le Portefeuille rouge. }
- La Nouvelle Hermione. } 40
- La Fille du [illegible] }
- Un M. qui a brûlé une dam. } 40
- Les deux Philibert. 20

118ᵉ SÉRIE.
- Le Crétin de la montagne. }
- Un Mari qui ronfle. } 40
- Le Lac de Glénaston }
- Chapitre V. } 40
- La Peau de chagrin. 20

119ᵉ SÉRIE.
- Le Guide de l'Étranger. }
- Chez Bonvalet. } 40
- L'Envers d'une Consp⁽ᵉ⁾ }
- Et représenté } 40
- Le Barbier de Séville. 20

120ᵉ SÉRIE.
- Valentine Darmentiere... }
- La Dame de Trèfle. } 40
- France de Simiers. }
- Ce scélérat de Poireau. } 40
- La Mère coupable. 20

121ᵉ SÉRIE.
- Les volontaires de 1814. }
- La chasse aux papillons. } 40
- Zémire et Azor. }
- Madelon Lescaut. } 40
- Guillaume le débardeur. 20

122ᵉ SÉRIE.
- Rose et Colas. }
- Un hom. qui a perd. son do } 40
- Un Enfant de Paris. }
- Un Carnaval de troupiers. } 40

123ᵉ SÉRIE.
- La servante maîtresse. }
- L'homme qui a vécu. } 40
- Les Mystères du Temple. }
- Vercingentorixe. } 40

124ᵉ SÉRIE.
- Les fausses bonnes fem. }
- Matapan. } 40
- Les Étrangleurs de l'Inde. }
- P'tit fils, p'tit mignon, } 40
- Henriette Deschamps 20

125ᵉ SÉRIE.
- La Dame de Monsoreau. }
- L'Écumoire. } 40
- Bonaparte en Égypte. }
- Copatrix. } 40

126ᵉ SÉRIE.
- Philidor. }
- 1 heure avant l'ouverture. } 40
- Les Fous. }
- Ya-Mein-Herr. } 40

127ᵉ SÉRIE.
- Les Belles de nuit. }
- Un j. homme en location. } 40
- Le Mariage de Figaro. }
- Les Jours gras de Madame. } 40

128ᵉ SÉRIE.
- T. de Nesle à P.-à-Mousson }
- Un drôle de pistolet. } 40
- Les R. du Château noir. }
- L'Esclave du mari. } 40

129ᵉ SÉRIE.
- Mauvais cœur. }
- Horace et Lydie. } 40
- Défiance et Malice. }
- Les Recruteurs. } 40

130ᵉ SÉRIE.
- François les Bas-Bleus }
- Deux mots. } 40
- Le Château du Diable }
- Le Lorgnon de l'amour. } 40

131ᵉ SÉRIE.
- Le père Lefeutre. }
- Détournement de majeure. } 40
- Les Paysanne pervertie. }
- L'Étincelle. } 40

132ᵉ SÉRIE.
- La Fille de trente ans. }
- Le Piège au mari. } 40
- Chodruc Duclos. }
- La mort de Bucéphale. } 40

133ᵉ SÉRIE.
- La Loge de l'Opéra. }
- Le Neveu de Gulliver. } 40
- Les Pirates de la Savane. }
- L'Enlèvement d'Hélène. } 40

134ᵉ SÉRIE.
- Deux Merles blancs. }
- Toute seule. } 40
- Le Bonhomme Jacques. }
- Les Jarretières d'un Huis. } 40